想象一朵未来的玫瑰

佩索阿诗选

ALVARO DE CAMPOS

[葡]费尔南多·佩索阿 著

杨铁军 译

中信出版集团 | 北京

雅众文化 出品

费尔南多·佩索阿

（Fernando António Nogueira Pessoa，1888—1935）

二十世纪最伟大的葡萄牙语诗人。四十七岁病逝，留下了两万五千多页未整理的手稿，包括诗歌、散文、文学批评、哲学论文、翻译等。佩索阿的作品世界由众多的“异名者”组成，除了使用本名外，他还以卡埃罗、冈波斯、雷耶斯等署名创作。每个名字都有自己独特的性格、生平经历，有着风格各异的作品。自其去世以后，研究者一直在搜集整理出版他的作品。

杨铁军

诗人，译者。1988 年考入北京大学中文系，1992 年北京大学西语系世界文学硕士毕业，1995 年赴美国爱荷华大学读比较文学博士,后肄业转学计算机。出版有诗集《且向前》《蔷薇集》《和一个声音的对话》《我知道鱼的欢乐》，诗歌翻译作品有弗罗斯特《林间空地》、希尼《电灯光》、沃尔科特《奥麦罗斯》等，即将出版泰德·休斯的文学写作教程《诗的锻造》。

译者序

葡萄牙作家费尔南多·佩索阿（1888—1935）是二十世纪欧洲现代主义时期最伟大的诗人之一，生前声名不著。他四十七岁病逝，身后留下一大箱手稿，有两万五千多页，其中一部分得到整理出版，包括诗歌、散文、文学批评、哲学论文、翻译等不同门类，为他在全世界范围赢得了广泛的声誉。

佩索阿出生于葡萄牙首都里斯本，五岁丧父，八岁时随母赴南非，与派驻德班做外交官的继父生活，在当地接受了良好的英语教育。十七岁时，佩索阿独自乘“赫索格号”经苏伊士运河回到葡萄牙读大学，两年后里斯本爆发学潮，在混乱中佩索阿退学，实行自我教育。此后三十多年每日上下班，为贸易公司做商业信件翻译，酗酒、写作，基本没有踏出过里斯本周边。期间他曾用外祖母留下的一小笔遗产尝试过开出版社，做过一些商业中介的生意，但都没有结果。

从他的手稿判断，佩索阿写作不辍，几乎一天都没有停歇过的样子，这也许是因为他对自己构建的庞大的写作世界有着紧迫感？佩索阿的文学世界里，绝大部分作品没有署在他自己名下，而是被他分别安在不同的“异名”（heteronym）身上。他的异名，不同于笔名或假名，都是完整的、区别于其“本我”的人，有自己的生平履历、社会关系，有自己名下的作品，而且这些作品有着极强烈的、符合其性格和观念的风格。异名之间的风格互不相同，形成对话、继承、衬托、补充等多种关系，或者完全“没有”关系。这种关系有文本层面上的，也有“真实”生活中的交往，包括会面、互相写信、批评等等。

佩索阿前前后后采用了一百多个异名，或者更多，其中有的是诗人，有的是哲学家、批评家、翻译家，有的是天文学家、心理学家、记者等等，就像孙悟空拔一把毫毛变成了许多化身。不同之处是，孙悟空拔出的每一根毫毛都是孙悟空，而佩索阿的每一个异名都不是佩索阿。甚至佩索阿“本人”也是这异名系统中的一个，是一个异名、真名、本名的统一体（或者矛盾体，两者在此是一回事），考虑到“佩索阿”这个词在葡萄牙语里的意思是“人”，事情就更意味深长了。佩索阿的本人，正如冈波斯所说，“并不存在”，却赫然成为撑起这个庞大的文学世界背后的黑洞或零。这个黑洞或零，最终而言并不是否定的，而是从否定的维度平衡了佩索阿的写作世界。

佩索阿最重要的异名有这么几个：诗人卡埃罗、冈波斯、雷耶斯，写《惶然录》[1]的索莱斯等等。冈波斯和雷耶斯都把卡埃罗看作导师，并有私下交往（关于冈波斯

1 又译为《不安之书》。（本书脚注均为译者注。）

和其导师卡埃罗以及其他几位异名的关系，关于这几个人之间的关系和作品风格，可以参考附录——冈波斯的回忆性批评文章《回忆我的导师卡埃罗》）。把卡埃罗和冈波斯的诗对照参看，会非常有趣。因为他们都是佩索阿的思想投射，有各自独特的哲学本原，是从此本原生发出来的诗人。传统观念认为，文学作品如果只是一种哲学观念的表现，那么这个作品就是失败的，在文学作品中，哲学观念最好是自下而上自然生成的，而不是自上而下的演绎。即使这个观念是对的，佩索阿也肯定是个例外。

事实上，伟大的文学都只能是例外，因循守旧对现代文学来说从根本上就不可行。从实际形态上看，佩索阿的这几个异名的声音都从清晰的哲学观念出发，演绎或呈现出自然生发的活泼形态。不同于他的导师卡埃罗的无目的性、无哲学性的“看”，冈波斯主张“感觉主义”，目的是“感受”一切，其“感”发言为声，在很大程度上却是惠特曼影响的功劳。从某种程度上说，这些“异名”其实是一个发声的契机，没有它们，佩索阿的声音也许会很狭窄。有经验的诗人都知道，获得一个声音是多么巨大的幸运，因为这个声音就是诗人的一切，有了这个声音，就有了命定的释放。而佩索阿获取了不止一个声音，每一个声音最后都喷薄而出，呈现出一个大诗人的形象。

佩索阿短暂的一生波澜不惊，没有什么值得一提的惊人事件，似乎连恋爱都没怎么谈过。但他的作品在这样的异名建构下却如狂涛骇浪，横行不羁，繁复多变，完全是另外一番气象。我们通常会说，伟大的作家构建自己的世界，这句话也许同样适用于佩索阿。佩索阿的不同之处在于，他构建的世界不像别人那样涵盖在其作品集内，把个人、环境和观念融汇贯通于其统一的作品集内部，被批评家从中辨识出一个处于时代中的个人形象——而这个形象通常是一个高度的综合矛盾体，一个抽象的合理化投射。佩索阿也构建了一个世界，这个世界也体现在其庞杂的写作中，但他颠覆了统一的"作者"的概念，把"自我"分成许多碎片，抛洒在其世界的各个角落，以其自然生活的松散方式形成宏大的"体系"，或者，更准确地说，抵御这样的"体系"。佩索阿构建的文本因此从本质上、方向上不同于传统的文本，而是与非文本化的世界共时存在，互为异名，平行交错，造成一个根本的悖论。这个悖论是他最伟大的创举，是在现代社会中对自我、身份认同的洞见。

跟佩索阿生活大致同时代的爱尔兰诗人叶芝一生纠缠于那些折磨自我的"面具"，叶芝的一生就是不断脱去一层层的面具，剥茧式地最后到达"真理"的过程，这个过程对叶芝来说是个艰难的蜕皮的过程。但佩索阿似乎并没有感到被"真理"折磨，也没有任何"真理"意义上的焦虑，这也许是因为他的异名虽然本质上也是自我的投射和割裂的部分，却也相应地承担了其分内的问题、对问题的求索和对现实的体验。佩索阿的"本体"

得以隐没不见，在他的异名系统里成为一个不在场的维度。这些异名各自为战，有属于自己的完整的人生目的和方式，其实也是一种历时、历史、历世的方式，是统一性的历史观所不能解释的。当然，有批评家企图从卡埃罗、冈波斯、雷耶斯三位一体的关系中厘定佩索阿“本体”的脉络，这个也能增加我们对佩索阿的认识；但有一点我们需谨记，这只是很多批评构建之一。佩索阿的成功正在于他的世界里没有佩索阿的作者之本体，如果说其本体可以辨识，正如上文所述，那也只是一个黑洞，所有认识之光都被吸引、分解、偏离。作为读者，我们有一种辨识作者形象的惯性，佩索阿的独特之处正在于阻滞我们的惯性，让我们永远抵达不了“作者”的城堡，即使身体已经在“城堡”之中。

和同时期的很多欧洲作家（叶芝、里尔克等等）一样，佩索阿终其一生对占星学有强烈的兴趣，他和著名的神秘学家阿莱斯特·克罗利（Aleister Crowley）通信，后者曾到里斯本访问过他，并在他的帮助下设局假装自杀（有趣的是，克罗里和叶芝曾同属一个叫作“金色黎明”的神秘主义组织，两人之间有过激烈的冲突，但除此之外，佩索阿和叶芝应该没有什么个人关系）。佩索阿给莎士比亚、拜伦、王尔德、肖邦等名人绘制过星盘，也给他的异名制作过星盘，据传说，他还大致准确地预言了自己的死期。跟叶芝一样，佩索阿尝试过“自动写作”。虽然从现有的资料很难具体化神秘主义对佩索阿的影响，但很明显，佩索阿的异名写作，是受到了神秘主义、占星学的很大影响。

同在神秘主义影响的背景下，佩索阿的道路却完全不同于叶芝，叶芝在焦灼中企图弥合、超越相互冲突的人格面具，以达到一个经验主义的统一；佩索阿却根本没把分裂的自我当作问题，他任由分裂的自我在世界上回答自己独特的问题，获取各自独立的生命。完整并非一切，这就是佩索阿庞杂的异名分裂对自我、对整个传统和整个世界做出的更为有机的回答。冈波斯在《烟草店》的开头宣布“我是空无”，但冈波斯的感觉主义同时又是一切，是感觉到一切的空无；佩索阿的本我，其实就是这样一个平衡了所有一切的“本质上不在场”的空无。

有人说，冈波斯是最接近佩索阿本人的一个异名。不知道这个判断如何得出的，因为从表面看，冈波斯的风格狂放、恣肆，还曾四处旅行，和佩索阿本人“平庸无奇”的狭小生活反差很大。但我对这个判断是赞同的。冈波斯的张扬和恣肆是在精神世界里的，实现于他的梦想，而非实际行动。虽然他去过很多地方，他出发的“行李箱”却永远收拾不好，他的出发永远在“后天”。他对世界的怀疑和悲观虽然深重，但在碌碌无为的“实际生活”中却总缺乏“勇气”，无法贯彻其悲观哲学，总是在指责自己无法踏出行动的第一步。这种深刻的分裂，应该是佩索阿本人的生活。但也很难想象写出冈波斯这样诗歌的人，在生活中会是一个没有分裂的、完满的功利主义者。从这个意义上讲，冈波斯是最为接近佩索阿的异名的判断，也许不需要更多的文本证据来支撑。即使将来有更多日记、书信等传记材料的支持，我们也很难判断这些日记、书信的背后含义，因为佩索阿本人身处文本的哪个层面，是很难确定的。相反，也许常识上的推断会更接近事实。

本书收录的是冈波斯的诗歌，大部分收录的都是短诗，也包括几首长诗，比如著名的《烟草店》和《鸦片吸食者》，但几首篇幅特别长的颂诗如《胜利颂》《海洋颂》等没有包括在内。希望能呈现出一个有着清晰形象的冈波斯，为读者进一步把握佩索阿的庞大写作世界提供一个入口。必须感谢闵雪飞当年的鼓励和帮助，正是在她的提议下，我才鼓起勇气翻译佩索阿，并从冈波斯的声音里辨识了一部分的自我认同，也从中学到了一些具体的技巧，运用到自己的写作当中。附录中的小说《无政府主义银行家》署名是佩索阿“本人”，虽是小说，却有苏格拉底对话的风格，其戏剧性来自对一个荒唐理论的层层剥茧的“推证”，又有点哲理侦探小说的味道。最引人赞叹的是佩索阿在推论过程中的重复修辞、不慌不忙的语调，其语调的平衡微妙、反复腾挪，堪比最好的诗歌。

这些诗大部分都是前几年的旧译，除了在网上零星发表过之外，有一组诗曾在高兴老师的支持下在《世界文学》发表。这次编选除了修订旧译，也补充了一小部分新译。译文参考了英译本，凡是有重复的，都用两个以上的译本互相参译。趁这次结集出版，我把所有的诗，除了个别几首没找到原文的，都参照葡语校读了一遍。当年在北京上学的时候学过几年西班牙语，后来读博士的时候学过法语，所以借助工具，还是可以看出一些问题。纠正的英译本问题主要集中在以下几个方面：明显的意义错误，个别的错漏行；意义偏离较多的地方，啰唆的地方，参照葡语使之简洁化，去掉英译者的添加，尽量直译。凡是没有把握的，一般保留英译的理解，但有时候也根据上下文做出自己的判断；极个别的地方，不同的英译本理解大致相同，而我根据葡语语境，有不同看法的，也做了相应的修改。这样一来，几乎所有的诗都有不同程度的修订，相当一部分的译文相对英译底本有很大改动。修改最多的就是标点符号了，英译本把很多省略号改成破折号，我基本都改回原文的省略号，也根据葡语添加或删去了一些空行。虽然做了这些基本的工作，但肯定还有不少错漏之处，希望读者批评指正。期待有更全面、更专注的译本问世，特别是能参照手稿进行一些版本校正、异文梳理工作的译本。

2017.8

参考书目

The Selected Prose of Fernando Pessoa, trans. Richard Zenith, Grove Press, July 19, 2001.

A Little Larger Than the Entire Universe: Selected Poems, trans. Richard Zenith, Penguin Classics, April 4, 2006.

Fernando Pessoa and Co.: Selected Poems, trans. Richard Zenith, Grove Press, April 1, 1998.

The Collected Poems of Álvaro de Campos Vol. 2, trans. Chris Daniels, Shearsman Books, 2009.

Always Astonished, trans. Edwin Honig, City Lights Publishers, January 1, 2001.

Fernando Pessoa: *A Centenary Pessoa*, ed. Bernard McGuirk and Maria Manuel Lisboa, Carcanet Press Limited, 1997.

Poesia Completa de Álvaro de Campos, Nostrum Editora, 2013.

Poems de Álvaro de Campos, ed. Rafael Arrais, Texto para Reflexão, 2013.

Arquivo Pessoa：http://arquivopessoa.net.

目 录

附 录

我躺在甲板椅子上闭上眼睛

我躺在甲板椅子上闭上眼睛，
命运如一座悬崖，矗立于我的灵魂。
我过去的生活混杂了将来的生活，
在某一刻，一阵喧哗从吸烟室
钻进我的耳朵，一定是棋局结束了。

哦，颠簸于
对波浪的感受中，
摇荡于
一个让我安心的意识里：今天还不是明天，
至少现在，我还没什么必须履行的责任，
我的本性并非如此，只是放任自己感受罢了，
躺在椅子上，像一本瑞典女人遗忘的书……

哦，沉浸于
想象的迟钝中，毫无疑问有一点困倦，
平静的动荡不安中，
忽然变成我曾是的那个孩子，
在乡下的房子里玩耍，最基础的代数也不懂，
更别说情感的 X 和 Y……

哦，我全部的我
渴望生活中那个并不
重要的一刻，
哦，我的全部渴望它，就像渴望别的，
那些我在其中并不重要的时刻，
那些我不用脑就理解的，存在的彻底虚无的时刻，
周围是月光、海和孤独，哦阿尔瓦罗。

十四行三章（选二）

一

我打量自己却什么都没发现。
我对于感觉是如此的着迷，
如果从自己接受的感受之中
分散注意，就等于失去了自己。

我呼吸的空气，饮的这酒
属于我赖以存在的方式本身：
我从来没弄清如何才能反抗
我制造的这些倒霉的感受。

我也从来没有完全搞清楚
我是否真能感我所感，我是否
如我所见的，一模一样的我？

我感到的我是那个真我吗？
即使对感觉，我也是一个无神论者。
甚至不知那感觉着的人是不是我。

里斯本，1913.8

三

听着，黛西。当我死去，虽然
你可能没什么感觉，但你必须
告诉我伦敦所有的朋友，我的死
如何让你痛苦，然后去吧，

去到约克，你说的你出生的地方
（但我并不相信你说的任何事情……），
告诉那个可怜的男孩，他曾给过我
那么多快乐的时光（可以肯定，

你对此一无所知），说我死了。
甚至他，我以为我真诚地爱过的他，
也不会关心……然后去把消息

散播给那个奇怪的女孩赛西丽，
她相信终有一天，我会伟大……
去他妈的生活，走在其中的每个人！……

1913.12（在一艘开往东方的船上）

鸦片吸食者[1]

——致马里奥·德·扎－卡尔内罗[2]

精神在我吸鸦片前就病了。
感受生活，既是枯萎凋零，
也是大病初愈，我借鸦片的
慰藉，寻求东方往东的东。

甲板生活肯定要置我于死。
高烧在我脑子里昼夜折磨。
我寻找得恶心了都没找到
一架弹簧把我的身段捕获。

在一种矛盾和星体的无能中，
裹着金衣褶的我把日子虚度，
一道浪花，尊严是它的滑落，
快乐是我的疾病的神经中枢。

1 本诗原文按照 ABBA 即抱韵的形式押韵。译文二四行押韵，一方面更符合汉语中四言诗的惯例，另一方面也降低了翻译难度，避免为押韵而调整句式过大。

2 马里奥·德·扎－卡尔内罗（Mário de Sá-Carneiro，1890—1916），葡萄牙现代主义诗人。佩索阿的朋友，一起创办《奥尔菲》杂志。后来卡尔内罗在巴黎自杀，此事对佩索阿影响很大。

正是被一连串灾难的发条，
一种伪飞轮装置所驱动，
我才在飘着无梗之花的园里
漫步，满是绞刑架的幻梦。

我踉跄着穿过内心生活那
一道道油漆和纹路的工艺。
感觉像在家里，手握那把
割掉了先知者[1]头颅的刀子。

我为祖父手提箱里的过犯偿还，
而他犯罪却不过是为了好玩。
我的神经从绞架垂下，十二条
一组，我掉入一道鸦片的深渊。

在吗啡的催眠作用的推动下，
我在颤抖的透明里失去自己，
镶嵌着钻石的夜晚月亮升起，
它仿佛是我的命运的终极。

我从来都是一个坏学生，现在
我也只是看着船在大海上犁过，

1 这里是指施洗者约翰。

穿过苏伊士运河，一路驮着我的
生活如一丸樟脑，在黎明时刻。

那些丰富充实的日子过去了。
从工作中我得到的只有倦怠，
今天我感觉如有胳膊卡住脖子
让我窒息，却夹紧掉不下来。

跟大家一样，我曾是个孩子，
出生在一个葡萄牙的小镇里，
但我见过一些从英格兰来的人
他们夸我英语说得非常流利。

我想通过“普朗”[1]或者《墨丘利》[2]
出版几部诗集和短篇小说，
但我怀疑此世——没有风暴的
一场旅行——无法拖延更多！

虽然，我们也有快乐的时刻，
但甲板生活充满了压抑哀愁。
我和德国人、瑞典人和英国佬

1 普朗（Plon），创建于1852年的一家法国出版社。
2 《墨丘利》（*Mèrcure*），创始于1672年的法国文艺杂志，发表过象征主义诗人马拉美等人的作品。

谈话，但活着的痛苦那么长久。

往东航行，见过中国和印度，
说到底，这也没有什么意义。
到头来也只有一种活法可选，
地球哪里都一样，小得要死。

所以我吸鸦片。就当它是药。
我一口鸦片吸下，就在那一刻
得到康复。我住在思想的底楼，
看生活慢慢逝去是一种折磨。

吸烟。哈欠。如果沿地球一直
往东不会到西的话，该有多好！
我怎么能访问现实的印度，如果
印度只存在于我的灵魂的一角？

耻辱丢脸，是我的唯一的遗产。
那些吉卜赛人偷走了我的财富[1]。
也许一直到死，我都不会看到
一个能够庇我以温暖的房屋。

1　财富（Sorte），原文也有运气、机会的意思。

我假装在学习工程学。我住在
苏格兰。假期我去爱尔兰游览。
我的心仿佛一个小老太婆，在
幸福的门外，恳请救济支援。

铁船，请不要停靠赛德港[1]！
右转，虽然我不知要去哪里。
我在吸烟室消磨时日，和一个
混吃葬礼饭的法国伯爵一起。

我心情阴郁地回到欧洲，命中
注定成为一个梦游诗人。我本
君主制的拥趸，并非天主教徒，
我想成为一个拥有盛名的人。

我想拥有大量金钱和各种信仰，
成为我见过的各种无聊的人物。
然而事情的发展却是，我不过
一个在海上漂泊的船舶的主顾。

我没有什么人格魅力。甚至船上
那伺候人的小伙儿都能给人留住

1 赛德港（Port-Said），埃及苏伊士运河上的港口。

更持久的印象，他以高傲的忍耐
服侍一个斋戒中的苏格兰地主。

我不属于任何地方。我的国家
就是我不在的地方。我又病又孱。
那个领班是个流氓。他看到我和
一个瑞典女人一起……挤了挤眼。

总有一天我要在船上造些丑闻
仅仅为了给其他人提供一点谈资。
我对生活厌倦透顶，觉得有时候
再正常不过的是放纵一下自己。

我整天吸食啜饮，能把所有的
痛苦都麻木起来的美国毒药——
我，已经是一个天生的醉鬼！
我玫瑰的神经需要更好的大脑。

我写下这些诗行。但却无从
感受到我在其中展现的才能！
事实证明，生活是一座农场，
能厌倦所有那些敏感的心灵。

英国人生来就是为了存在的。

没有一个民族与平静有比他们
更为亲近的联盟。塞一个硬币
出来个英国人，全都微笑可亲。

我属于那么一类葡萄牙人，
在印度大发现的时机，却反倒
失了业无事可干。死是必然的。
这件事情让我经常陷入思考。

见鬼吧生活，连同对它必需的忍受！
我连床头的书本都不要去看。
东方让我厌倦。它不过是一张
一旦卷起，便不再美丽的画毯。

这就是为什么我必然堕入鸦片。
别指望我过那理想的生活不变。
那些诚实的人，在固定的时间
上床睡觉，在固定的时间吃饭，

让他们见鬼去吧！是的，我在
嫉妒。亢奋的神经带给我死亡。
最好来一艘船，把我带到某个
我只对眼睛所见有欲求的地方。

说这又有什么用？我还会厌倦。
我会想吸一剂更烈的鸦片，沉入
梦中，那些梦将结束我的生命，
填入沟壑，满是泥泞的黏土。

发烧！如果这都不算是发烧，
我就不知道发烧究竟会是怎样。
根本的事实是，我病了。那个
家伙，朋友们，已把运气耗光。

夜晚降临。响起了晚饭的第一遍
铃声：到了梳妆、打扮的时候。
至高无上的群体生活！我们像狗
一样列队，直到松开扎紧的领扣。

这个故事注定有个悲哀的结尾，
必须有一摊血和一把枪（嗨！）
把我的惶惑不安干脆利落地结束，
无论做什么，都已经无法挽回。

不管谁看到我，都觉得我平庸，
我和我的生活……一个年轻伙计，
是的！但是，甚至我的单片眼睛
都能把我归为一类，平平无奇。

多少人，如同我一样循规蹈矩，
并且像我一样，服膺神秘主义！
多少人，在规规矩矩的礼服之下
如我一样感到生存的恐怖本质！

如果我能做到外表有趣，至少
能和内心的有趣保持一致就行！
我盘旋着，卷入大旋涡的中心。
我的无所作为，把我如此注定。

无所作为，是的，我就是那样！
我多希望所有人都可以遭我鄙薄，
而我衣肘破了洞，也掩不住英气夺人，
被赞为英雄，即使我疯狂、破落！

我有一种把手塞进嘴里咬紧的
冲动，一直到痛到发抖不能再忍。
这应该算是一种独特的行为吧，
可愉悦别人，那些所谓的正常人。

荒诞，仿佛来自印度的花朵，
我从没在印度见过，它在我那
疲病的脑海里勃发。愿上帝改变

我的生活，如若不成就把它扼杀……

让我待在这里吧，坐在椅子上，
直到他们过来把我塞进一口木棺。
我一生下来，就是一个高贵的人，
却没有沉着的品质、茶和席垫。

呵！我多想从这里坠落，穿过
活动板门，噌地一下进入坟墓！
生活，品尝起来像淡香的烟草。
我所有的生活不过是吞云吐雾。

我真正想要的是信念和平静，
而不是困惑，纷乱不堪的感觉。
结束吧，上帝！打开洪水的闸门——
够了，在我精神里上演的闹剧！

1914.3（于苏伊士运河船上）

码头到处是忙乱，预示即将来临的停泊

码头到处是忙乱，预示即将来临的停泊。
人们开始聚拢，等待。
非洲来的蒸汽船将要开进视野。
我来到这里，却谁也不等，
只观察所有的别人的等待，
成为等待着的所有的别人，
成为所有别人的焦灼的等待。

为了成为如此多的事物，我精疲力竭。
迟到的人们终于陆续来临，
我却忽然厌倦了等待、存在、生存。
我突然离去，却被看门人注意到，给了我迅速而凶狠的一瞥。
我回到城市像回到了自由。

为了停止感觉而感觉，这很好，哪怕没有别的理由。

一次航行的途中

一次航行的途中……
那是在公海上，看不见月亮……
船上，傍晚的喧闹停歇了。
旅客一个个、一群群回了房间。
乐队也走了，不知怎么余下角落一个谱架。
只有吸烟室还剩一盘棋沉闷地下着。
生活的嗡嗡声从轮机室敞开的门传来。
独自一个……灵魂赤裸裸地和宇宙对视！
（哦，遥远的葡萄牙，我出生的小镇！
为什么我没早夭，当我的全部认知只有你时？）

哦，当我们向海而行

哦，当我们向海而行，
当我们从陆地撑开，看不到它，
当一切都充斥了海之味，没有别的，
当海岸变成一道幽暗的线，
夜色降临，变成更模糊的线（光驻留其上）——
这时，那些还能感受的人，体会到多么幸福的自由！
忽然，没有了社会性存在的理由，
再没有理由去爱去恨、恪尽职守，
再没有法律，没有食人的焦虑……
只有抽象的出发和水的波动，
离去的波动，抚慰船头的
波浪拍击声，
一大片轻佻的平静，软软地进入灵魂。

哦，把我整个的生活
摇晃着固定在这些时刻之一，
把我在地球上存在的整个意义
归结于从海岸线的离开，自此抛下一切——
爱情、忧虑、悲痛、联盟、责任，
在悔恨中动荡的折磨，

如此多的徒劳无功所导致的厌倦，
甚至那些想象出来的事物也泛滥起来，
恶心和灯光，
眼帘沉重地压上我失去的生活……

我将走远，很远！很远，哦漫无目的的航船，
去到那永恒水体的前历史的无忧无责。
很远，永远之远，哦死亡。
当我懂得远到哪里，远到为何，哦生活……

但不仅仅是尸体

但不仅仅是尸体，
不仅仅是那个恐怖的非人的人，
那个正常身体上的深渊之变，
那个占据了我们所识之人消失的位置的陌生者，
那个在视觉和知觉之间张大口的裂缝——
尸体绝不仅仅往灵魂里灌进恐惧，
往心底植入寂静。
死人日用的外在物品
也让灵魂不安，用一种更深的恐惧。
谁能看着那张他用过的桌子，
他写过字的笔，而不稍有怀念，
即使它们属于敌人？
谁能没有真切的痛苦，
看到从所有山坡消失的猎人的来复枪，
看到死去乞丐的衣服，他曾把双手（永远没有了）插入
　衣袋，
看到被清理干净到恐怖程度的死孩子的玩具？
这一切突然压在我陌生的理解力上，
一枚死亡大小的乡愁让灵魂惊恐……

不早不晚……太完美了

不早不晚……太完美了……
这就是了！
疯狂确切无疑，进了我的脑子。

我的心像一颗便宜炸弹爆炸，
震动从脊椎传上大脑……

感谢上帝，我疯了！
我的全部所为，成了返还的垃圾，
像吐在风中的痰，
溅了我一脸！
我的全部所是，盘旋在脚下纠缠，
像整理行装，却什么都没装上！
我的全部所思，使我喉咙发痒、
想吐，虽然我什么都没吃！
感谢上帝，因为这，正如醉酒，
是一种解决之道。
怎么样？我通过胃找到了解决！
我发现了真理，用我的肠子！

形而上学的诗？我尝试过了！
伟大抒情之狂喜，访问过我！
大话题套小话题，以此结构诗歌——
这也不是什么创举。
我想呕吐，好像要把自己呕吐出来……
我有种恶心感，如果把宇宙吃下能让我吐到水槽里，那么我就吃下它。
肯定得挣扎一番，但达到目的就好。
至少还有一个目的。
而我现在，没有目的，也没有生活……

是的，我知道这很自然

是的，我知道这很自然，
但我还有一颗心。

操他妈的晚安！
（破成了碎片，啊心！）
（操他妈的人性！）

在那个孩子被轧死的女人的房里
满是欢声笑语。
夹杂阵阵嘈杂的号声，却无人怀念。

他们收到了赔款：
婴儿就值 X。
现在他们在享受那个 X，
吃着、喝着死去的婴儿。
喝彩！他们是人民！
喝彩！他们是人性！
喝彩！他们是所有那些父亲和母亲
他们的孩子可以被轧过！
金钱能让我们忘掉一切。

婴儿就值 X。

所以整座房子贴上了墙纸。
所以家具的最后一期贷款付清了。
可怜的婴儿。
如果他没有被轧过，可该怎么办?
是的，他被爱过。
是的，他被宠过。
但他死了。
太糟了，他死了!
遗憾啊，他死了!
但这确实带来了一笔钱
可以用来付账单。
（确实，这是悲剧。）
但账单付了。
（确实，那可怜的小身体
轧成了酱！）
但现在，至少不欠杂货店老板的钱。
（耻辱，是的，但不幸中总有好的一面。）

婴儿死了，但一千块钱还在。
是的，一千块。
一千块可以干多少事（可怜的孩子）。
一千块可以付

多少债务（可怜的小宝贝）。
一千块可以买
多少东西（死去的漂亮的婴儿）。

我们自己的孩子被碾过
（一千块）
当然悲哀
（一千块）
但只要想一想那重新装修过的房子
（一千块）
所有毛病都得到了修理
（一千块）
所有的一切都值得忘记（我们哭得好痛！）。
一千块！
好像上帝直接给的
（这一千块）。
可怜的被摧残的孩子！
一千块。

我想喜欢喜欢本身

我想喜欢喜欢本身。
稍等……请拿一支烟
给我，从床头柜上的烟盒里。
请继续……您刚才说
在形而上学的发展过程中
从康德到黑格尔
有些东西丢失了。
这我完全同意。
我真的在听。
我不爱，我爱的是爱[1]（圣奥古斯丁）。
多古怪啊，把不同想法混为一体！
我厌倦了思考对别事别物的感觉。
谢谢。请原谅，我要点烟。继续。黑格尔……

1 原文是拉丁文 Nondum amabam et amare amabam。

是的，一切都对

是的，一切都对。

一切都对得不能再对。

除了一个问题：一切都错了。

我清楚这座房子漆成了灰色，

我清楚这座房子的号码是多少——

我不知道，但却能查到他们给它的估价，

税务办公室专门做这样的事——

我清楚，我清楚……

但我也清楚这里住的是活生生的人，

而公众财政厅无法免除

隔壁邻居丧子所欠的债务。

那个什么什么管理局无法制止

楼上邻居的丈夫和他小姨子私奔……

当然了，一切都很对……

除了一切皆错的事实，一切都对……

哦，陌生城市咖啡馆里最初几分钟

哦，陌生城市咖啡馆里最初几分钟！
码头、车站一大早的到达
洋溢着恬静， 光亮的沉默！
刚到一个城市，街道上那些早行的人，
旅行中才有的时光掠过之音……

巴士、有轨电车、小汽车……
新鲜国度，街道的新鲜外表……
它们为我们的忧虑提供安宁，
它们为我们的悲哀提供幸福的喧嚷，
它们为我们疲倦的心，却不提供单调无聊！
那些巨大、令人信赖的方形广场，
一条条街建筑平行排开，在远方汇为一点，
十字街头那些千奇百怪，
穿过所有这些，像某种泛滥却没溢出之物，
是运动，运动，
光怪陆离的人间之物掠过、留下……

码头停着些不动的大船，
极度停滞的船，
旁边的小舟，等待着……

生活是给没有意识的人的

生活是给没有意识的人的（哦，莉迪亚、赛丽米、黛西）
有意识的人都是亡者——因为他们只意识到非生……
我吸烟；闻起来如他人的心碎，
对他们来说我很荒唐，因为我观察他们，他们观察我。
但我毫不关心。
我把自己展开，成为卡埃罗和技术人员
——操作机器的技术人员、管理人的技术人员、制造时尚的技术人员——
我不为我找到的东西负责，在诗里也一样。
破碎的、丝质的枫树帝国——
去吧。把它塞进身后名的抽屉，忘掉它吧……

重游里斯本（1923）

不，我什么都不要。
我说过什么我都不要。

不要带着结论来找我！
唯一的结论是死亡。

不要给我提供美学！
不要跟我谈论道德！
把形而上学从这儿拿走！
不要试着卖给我完整的系统，不要用那些进步烦我，
不管是科学的（科学，我的上帝，科学！）——
科学的，艺术的，还是现代文明的！

我做了什么危害神灵的事？

你如果掌握了真理，你就留着！

我是一个技术人员，但我的技术仅限于技术领域，
除此之外我就是疯子，而且有权如此。
有权如此，你听清了吗？

让我一个人待着，看在上帝的分儿上！

你想让我结婚，徒劳、循规蹈矩，而且纳税？
你想让我与此相反，处于所有的反面？
如果我是别人，我就跟你们大家走。
但我是我自己，所以走开！
想进地狱的话不要拉我，
除非是我自己想进地狱！
为什么我们非得一块儿去？

不要抓着我的胳膊！
我不喜欢胳膊被抓。我想独自一人。
我告诉过你我只能独自一人！
我讨厌你劝我合群！

啊蓝天——和小时候一样——
完美的空洞，永恒真理！
啊温柔、沉默、祖先的特茹河，
天空映入其中的微小的真理！
啊重访悲伤，今日的里斯本，逝去的时光！
你什么都没给我，也没拿走我什么，对我你什么都不是。

让我平静！我不会停留太久，我从来不停留太久……

只要沉默和深渊还没来，我就想独自一人。

1923

重游里斯本（1926）

没有什么拦着我。
我想同时拥有五十种事物。
我用想吃肉的焦虑
渴望一些不知道的东西——
肯定是某些不能肯定的东西……
我时断时续地睡着，活在一个时断时续的
沉睡者的时断时续的梦里，半梦半醒。

所有抽象的、必须的门都在我面前关上了。
街道上我看到的每个假设都刷地拉上了窗帘。
我找到了巷子，却找不到他们给我的门牌号。

我醒在那个我沉睡的同样的生活里。
甚至梦到的军队也是被打败的。
甚至梦见的梦也感觉是虚假的。
甚至渴望过一过的生活也让我厌倦——甚至那生活……

在一阵阵的间隙中我理解。
在疲倦导致的延迟中我写作。
一种厌倦了自己的厌倦之潮把我拍上岸。

我不知道我无舵的焦虑有着怎样的命运或未来；
我不知道不可能的南方哪座岛屿在等我，一个海难流亡者；
什么样的文学棕榈园将赐予我哪怕一首诗。

不，我不知道这个，或任何别的……
在我精神深处，我做着所有的梦的地方，
在我灵魂的最后的领地，那个我不知为何回忆的地方
（过去是虚伪之泪腾起的自然之雾），
在远方森林里交错的大路小路，
那个我认为寄居着我的存在的地方——
那里我梦见的军队，在没有被打败中被打败的军队，
我的不存在的军团，被上帝毁灭，
乱糟糟地逃跑，最终的幻觉里
最后的残余。

又一次，我看到你，
我那令人恐怖的丢失的童年的城市……
幸福和悲哀的城市，又一次，我在这里做梦……
我？是那个相同的我，那个曾在此生活，返回，
一而再、再而三地返回，
再三再四返回的我吗？
或者所有在此生活过的我叠加的我们
是一串被记忆之绳贯穿的珠子，

一串关于我的梦，被我之外的某人所梦的梦？

又一次，我看到你，
用一颗更远的心，一个更不是我的灵魂。

又一次，我看到你——里斯本，特茹河和其他地方——
一个毫无用处的，对你，对我的旁观者，
一个在哪里都是外国人的人，
是生活中的偶然，也是灵魂的偶然，
一个徜徉在追忆殿堂里的鬼
循着老鼠的啃噬声，地板木的嘎吱声，
在那被诅咒必须活下去的城堡里……

又一次，我看到你，
一道影子中的影子，在惨淡、
不知名的光下瞬间照亮，
然后滑入黑夜就像一只船被吞噬
入水，归于沉寂之前的尾迹……

又一次，我看到你，
但是，哦，我看不到自己！
那面每次都照出相同之我的魔镜碎了，
在每片宿命的碎镜中，我只看到一小片我——
一小片你，一小片我……

1926.4.26

如果你想……

如果你想自杀，你为什么不想自杀？
现在就是时候！我，死亡和生活都爱的人，
也要自杀，如果我敢自杀的话……
如果你敢，那就勇敢！
我们称作世界的嬗变的外部图像对你
有什么用？
那些陈腐不变、搔首弄姿的演员
对时光的演绎有什么用，
不过是多彩的、有着永不停息的冲动的马戏？
你自己都不知道的内心世界有什么用？
自杀吧，也许你最后将会知道……
结束吧，也许你将开始……
不管怎样，如果你倦于生存，
至少维持疲倦的尊严，
不要像我一样因为醉酒而歌唱生活，
不要像我一样通过文学致敬死亡！

人们需要你？哦被称作人的徒劳的影子！
没有人需要你；没有任何人需要你……
没有你一切照常进行。

也许你活着比你自杀对别人更好……
也许你存在比你不在是更多的负担……

别人会痛苦？你担心
他们会为了你而痛哭？
歇歇吧：他们不会哭得太久……
活下去的冲动会逐渐堵住泪水，
特别是当流泪并非因为自己，
而是因为发生在别人身上的事，尤其是死亡，
因为死后，再不会有什么发生在他们身上……

首先是焦虑，神秘的惊讶，
人们的谈话中你的生命的缺失……
然后就是清晰可见的棺材的物质性惊怖，
黑衣人来了，那是他们的职业。
然后来了心碎的、说着玩笑话的家人，
在谈论晚报新闻的空当哀悼你，
把死的哀伤和犯罪新闻搅和到一起，
你仅仅是那痛悼的偶然的原因，
你将真正地死去，比你想象的还要死得不能再死……
在这儿你比你想象的还要死得不能再死，
即使在那边你也许活蹦乱跳……

接着，一列悲伤的送葬队伍走向死坑或墓地，

接着，就是你死去的记忆的开始。
起先每个人都觉得一阵轻松，
令人厌烦的死亡悲剧终于结束了……
每过一天，谈话都会更轻松一些，
生活回到它的旧规……

然后你被慢慢忘记。
每年，你只有两次被人想起：
你的生日，你的忌日。
就这样，没有别的了，绝对没有。
一年两次，他们想起你。
一年两次，那些爱你之人叹口气，
也会在有人偶然提到你的名字时叹息。

冷对自己，冷对你是谁的真实……
如果你想……
不要有道德的顾忌，智力的恐惧！
什么样的顾忌和恐惧能操控那架生活的机器？

什么样的化学反应，造成树液的交换，
血液的流通，以及爱情？
什么样关于别人的记忆，存在于生活的欢乐节奏中？

呵，血肉之躯的被虚荣蒙蔽的可怜人，

难道你看不到，你完全并不重要？

你对你自己重要，因为你是你自己的感觉。
你对你自己意味一切，因为你就是自己的宇宙。
真实的宇宙本身和其他人
只是你客观主体性的卫星。
你对自己是重要的，因为你对自己就是全部。
如果这对你本是真实，哦神话，难道对别人不也同样？

你是否像哈姆雷特害怕未知？
但什么是已知？你都知道些什么
才敢称任何东西为未知？

你是否像福斯塔夫[1]爱着肥肉的生活？
如果你是如此爱它的物质性，那么你可以更物质一些，
成为土地和万事万物的身体部位！
扩散你自己，哦夙夜清醒的细胞的
生理化学系统，
扩散到身体无意识的夙夜意识中去，
扩散到巨大的表象那什么都总括不了的笼统中去
扩散到的生生不已的物的草茎和籽粒中去
扩散到事物的原子雾里，

1 福斯塔夫（Falstaff），莎士比亚历史剧《亨利四世》中的人物。

扩散到动态虚无，也就是世界
狂卷涌动的墙里……

1926.4.26

远处的灯塔

远处的灯塔
忽然发出如此强大的光，
夜晚和缺席如此迅速地被恢复，
在此夜，在此甲板上——它们搅起的痛苦！
为了那些被抛在身后的人的最后的悲伤，
想念的虚构……

远处的灯塔……
生活的不定……
迅速膨胀的光回来了，
闪烁于我目光茫然的无目的性中。

远处的灯塔……
生活不提供目的。
思考生活不提供目的。
思考思考生活不提供目的。

我们远去，强大的光开始减弱。
远处的灯塔……

1926.4.30

烟草店

我什么都不是。
我将永远什么都不是。
我不能指望成为什么。
但我在我内部有这世界的全部梦想。

我的房间的窗户，
世界上百万房间里无人知晓的一间
（假如他们知晓，他们又知晓些什么？），
你朝向一条行人络绎不绝的街道的神秘，
一条任何思想都无法理解的街道，
真实，难以置信地真实，确定，无知无觉地确定，
有着石头和存在之下的神秘，
有着使墙壁潮湿、使人们头发斑白的死亡，
有着命运在乌有之路驾驭万有的马车。

今天我被打败了，就像刚获知了真理。
今天我是清醒的，就像我即将死去 。
除了道别，不再与事物有亲缘的关联，
这座建筑和街道的这一侧成了
一排火车车厢，出发的汽笛

在我的脑子里吹响，
我们开出去时，我的神经震动着，我的骨头咯吱响。

今天我很迷惑，像一个好奇了、发现了、忘记了的人。
今天我被两种忠实撕扯，
一个是对街对面烟草店的外在现实，
一个是对万物皆梦的我的感觉的内在现实。

我失败于一切。
因为我没有野心，也许一切即是乌有。
我丢弃了我被灌输的教育，
从房子后边的窗户爬下。
我怀着伟大的计划来到乡间。
但所有我能发现的只是草木，
即使有人，也和别人没什么两样。
我从窗户退回一张椅子。我该想些什么？

我怎么知道我会变成什么？我甚至不知道我现在是什么。
成为我的所想所欲？但我想成为的东西太多！
有那么多人想成为我们不可能全都成为的同一个东西！
天才？此刻
有十万大脑做着梦，认为他们是和我一样的天才，
而历史，谁知道呢，一个都不会铭记，
所有的他们想象中的征服只等同于粪土。

不，我不相信自己。
疯人院里充斥着满是确定性的疯子！
而那个不确定的我，是更正确还是更错误？
不，不仅是我……
此刻世界上多少阁楼和非阁楼里
自我确认的天才正在做梦？
多少崇高、高贵、清晰的理想——
是的，确实崇高、高贵、清晰——
谁知道呢，甚至可以实现，
将看不到一天真正的光芒，找不到一只同情的耳朵？
世界是给那些天生为了征服它的人的，
不是给那些做梦征服的人的，即使他们正确。
而我在梦中比拿破仑做得更多。
相对于基督我在我假设的胸膛里怀抱着更多的人性。
我秘密地创造了哲学就好像康德从来没写过。
但我是，也许将永远是，一个阁楼上的人，
虽然我实际上并不住在阁楼。
我将永远是那个生非所是的人；
我将永远只是那个有道德的人；
我将永远是那个等着一面无门之墙开门的人，
在鸡笼里唱着无限之歌的人，
在盖住的井里听到上帝的声音的人。
相信我？不，也不相信任何东西。
让大自然在我沸腾的脑海里

倾泻它的阳光、雨水，和刮乱我的头发的风，
让其他的也来，如果它们愿意或必须，或不让它们来。
作为星辰的心灵奴隶，
我们在起床之前征服了整个世界，
但我们起来后它很模糊，
我们起来后它很陌生，
我们出去到外边，它就是整个地球，
太阳系，银河，至于无限。

（吃你的巧克力，小女孩，
吃你的巧克力！
相信我，世界上没有比巧克力更好的形而上学，
所有那些宗教加起来都不如一个糖果店教得更多。
吃吧，肮脏的小女孩，吃吧！
如果我能像你那样真实地吃巧克力该有多好！
但我却在思想，揭掉那层银色锡纸，
我把它扔在地上，就像扔掉生活那样。）

但至少，从我对自己永远不能变成什么的痛苦中
还存留着这些匆匆写就的诗句，
一座通向不可能性的破碎了的门径。
但至少我对自己的轻蔑里不含眼泪，
至少这是高贵的，当我把脏衣服，也就是我，一下抛入
事物之流中，没有清单，

而我待在家里，身上没穿衬衫。

（你，安慰我的人，你不存在所以才能安慰，
不管你是一个希腊女神，被塑造成活的雕像，
或者一个罗马的贵族妇女，不可思议地高贵威严，
或者一个行吟诗人的公主，美丽优雅，
或者一个十八世纪侯爵夫人，领口低开，神态慵懒，
或者一个属于我们父母辈的名妓，
或者是我无法想象的现代人——
不管是什么，是谁，如果你能启发，请启发我！
我的心是一个泼空的桶。
用精神的激发者激发精神的方式，我激发
自己，但什么都没发现。
我走向窗户，以绝对的清晰观看大街。
我看到商铺，我看到人行道，我看到驶过的车，
我看到穿衣服的活物乱纷纷。
我看到同样存在着的狗，
所有这些压向我，像流亡的诅咒，
所有这些都是陌生的，仿佛其他一切。）

我活过、思考过、爱过，甚至信过。
而今天没有一个乞丐我不羡慕，只要他不是我。
我看着他们的破衣碎片、疮口和虚伪，
我想：也许你从来没有活过、思考过、爱过、信过。

（因为有可能做过所有这些和什么都没做相等）；
也许你只是如此存在过，就像一只蜥蜴被切断的尾巴
那尾巴离开了蜥蜴，还在抽搐。

我造就了我并不了解的我，
我应该造就的自己，我却没有去做。
我穿上了错误的衣服
而且立刻被当作另一个人，我没说话，陷入迷惘。
当我想摘掉面具，
它却已粘在我的脸上。
当我把它弄掉，看镜中的我，
我已经老了。
我醉了，不再知道如何穿那件我没有脱掉的伪装。
我把面具扔出去，睡在壁橱里，
像一条物业管理因其无害
而容忍的狗，
我将写下这个故事，证明我的崇高。

我那无用诗句的音乐性，
我多希望面对你就像面对我自己的创造，
而不是面对隔街的烟草店，
也不是把我的存在的意识踩在脚下，
像一块酒鬼踩过的小地毯，
或者吉卜赛人偷走的门前地垫，一文不值。

但是烟草店老板来到门前，站在那里。
我看着他，半扭着脖子的不适
被一个半领悟的灵魂放大。
他会死，我会死。
他将离开他的招牌，我将离开我的诗。
他的招牌将会消亡，而我的诗也将如此。
最终，这个招牌所在的街道也将消亡，
写就我的诗歌的语言也是如此。
所有这些事所发生的旋转的行星也将死去。
在其他太阳星系的其他星球某些类似人类的东西
会继续制造类似诗的东西，活在类似招牌的东西下边，
总是如此，一件事相对另一件
总是如此，一件事和另一件同样无用，
总是如此，不可能性和现实一样愚蠢，
总是如此，内部的神秘和睡在表面的神秘一样真实。
总是如此或如彼，或总是非此非彼。

这时一个人进入烟草店（买烟草？），
可信的现实忽然击中了我。
我从椅子上欠身起来——精力充沛、想通了、充满人性——
试着写下这些我在其中说着反话的诗句。

我在想着写它们的时候点燃了一支烟

在那支烟里我品味着一种免于所有思虑的自由。
我的眼睛跟着烟雾，仿佛跟着自己的足迹，
在那敏感而恰当的一刻，我欣赏着
一种免于猜测的解放
和如此的明悟：形而上学是感觉不太好时的后果。
然后我躺回椅子
继续抽烟。
只要命运允许，我将继续抽烟。

（如果我娶了洗衣妇的女儿，
也许我会幸福。）
我从椅子上起来。我走向窗口。
那个人也从烟草店里出来了（把零头放进了裤袋？）。
哦，我认识他：他就是不信形而上学的埃斯蒂夫斯。
（烟草店老板来到了门前。）
神启一样，埃斯蒂夫斯转过来看到了我。
他招手问好，我大声回应“再见，埃斯蒂夫斯！”，整个宇宙
回归原位，没有理想和希望，而烟草店老板笑了。

1928.1.15

写在一本旅行中途丢弃的书里

我从贝热周边来。
我准备去里斯本的中心。
我什么都没带，什么都不会找到。
我心里有对我所找不到的东西的可预期的倦怠，
我感受到的伤感既不在过去也不在将来。
我在这本书里留下我设计的最后的徽章：
我如杂草，他们没有把我拔起。

1928.1.25

我开始明白我自己

我开始明白我自己。我不存在。

我是我想成为的那个人和别人把我塑造成的那个人之间的裂缝。

或半个裂缝，因为还有生活……

这就是我。没有了……

关灯，闭户，把走廊里的拖鞋声隔绝。

让我一个人待在屋里，和我自己巨大的平静待在一起。

这是一个冒牌的宇宙。

旁 批

充分利用时间！
我若能利用时间，那么时间是什么？
充分利用时间！
没有一天不写上几行……
一流的、诚实的作品……
堪比维吉尔或弥尔顿……
但老实说，一流太难！
能写成弥尔顿或维吉尔，不大可能！

充分利用时间！
从我的灵魂抽取精确的碎片——不大也不小——
正好组成相连的骰子，
准确地拓印在历史上……
（你看不到的背面也同样准确。）
把感觉凝缩成牌垛——夜间可怜的墨水
把思想写成多米诺牌，背靠背……
让意志成为一个连击的台球……
游戏、单人纸牌、消遣娱乐的图像——
生活的图像，众生的图像，大写的生活的图像……
啰唆。

是的，啰唆！

充分利用时间！

没有一刻不省察自己的良心……

不做出任何不确定、不自然的行为……

不做任何偏离目标的行动……

保持灵魂良好的风度……

坚持优雅……

充分利用时间！

我心疲倦，如绝对的乞丐，

我的大脑做好出发准备，如角落里的包裹……

我的歌（啰唆！）正如它所唱的，悲伤。

充分利用时间！

从我开写，已经过去了五分钟。

我充分利用了还是没有？

如果我不知道，我如何知道是否利用了其他的时间？

（那个多少次和我在郊区火车里

同乘一个车厢的女士，

你有没有对我产生兴趣？

我看着你，这是充分利用了时间还是没有？

我们在移动的火车里，沉默不语的节奏是什么？

什么是我们从来没有达成的共识？

这其中有什么样的生活？这对生活有何意义？）

充分利用时间！
呵，让我什么都不要利用！
不管是时间还是存在，也不管是对时间或存在的记忆！
让我成为树叶被微风吹拂，
道路上不由自主、单独的灰尘，
大雨滂沱后偶然的横流，
后轮尚未碾过的前车的车辙，
一个男孩即将停转的陀螺，
摇动的节奏好像地球，
颤抖的节奏好像灵魂，
滚落到命运的地板，好像神的堕落。

1928.4.11

冥府之神

满大街空洞的阳光。围墙里的房子，走路的人。
一种可怕的悲哀使我打了个寒战。
我看见建筑的后面有些东西在动。

不，不，不要！
明白什么都行，除了那个大写的神秘！
宇宙的表面，哦低垂的眼睑，
不要把你们抬起来！
目睹终极真理，是不可承受的！

让我活着什么都不懂，死了也懵懂不清！
存在的理由，存在存在的理由，万物的存在，
会带来一种疯狂，比灵魂之间的距离，
星星之间的空间，更加广阔，

不，不，不要真理！给我这些房子和人就好。
就这些，不要别的，就这些房子和人……
什么样冰冷的气息触摸我阖上的眼？
为了活下去我不想睁眼！哦真理！忘掉我！

1928.4.12

推 迟

后天，不到后天不行……
我要把明天用来想一想后天，
也许才有可能去做，但不是今天……
今天不在考虑之列；今天我不能。
我那被弄糊涂的、客观主体性的坚持，
我那真实的、间歇性出现的生活的困乏，
预料中那没有尽头的疲倦，
一种赶个电车都会袭来的恍惚于多重世界的疲倦，
这灵魂的物种……
不到后天不行……
今天我想做好准备，
我想做好准备在明天想一想明天的明天……
那才是决定性的一天。
我已经计划好了；不，今天我不会计划任何东西……
明天是做计划的一天。
明天我将为了征服世界而坐到桌边；
但我将只在后天征服世界……
现在我想哭，
我忽然从内心深处感到想哭……
不，不要企图弄清楚原因，这是秘密，我不会说出。
不到后天不行……

童年时我每周都会被星期天的马戏逗笑，

而今天我只能被我童年时星期天的马戏逗笑……

后天，我将变得不同，

我的生活将胜利，

我所有的优点，智慧、博学、实际性

将被一份正式的宣告集结在一起……

但这份宣告将在明天宣布……

今天我想睡觉，我将在明天起草宣告……

今天，有没有什么戏码能重现我的童年？

即使我明天买了票，

后天才是那场戏开演的日子……

不是之前……

后天我将拥有一个我明天要排演的公众形象。

后天我将成为一个我今天成不了的人。

后天，不是之前……

我像一只走失的狗感到冷那样感到疲倦。

我觉得累极了。

明天我将解释给你听，或者后天……

是的，也许不到后天不行……

未来……

是的，未来……

1928.4.14

我有时候沉思

我有时候沉思
我有时候深深地、更深地、更更深地沉思，
万有的神秘如表面一层油，
整个宇宙是一座脸的海洋，眼睛从中突起盯我。
每样事物——角落里的灯，石头，树——
都是眼睛，从不可测的深渊里盯我，
那些神和神之思在我心中巡游。

哦，事物存在！
哦，生命存在！
哦，竟然有一种让生命存在的方式，
让存在存在，
让存在的存在存在，
存在……
哦，竟有在这个抽象之象——存在，
存在明辨和现实，
不管这意味什么……
我怎能表达这带给我的恐怖？
我怎能告诉你感觉到此是怎么个感觉？
什么是存在之在的灵魂？

哦，这糟糕的神秘属于最细小的事物，

因为这糟糕的神秘起源于只要有任何事物，

因为这糟糕的神秘是起源于存在……

1928.4.29

几乎不情愿地（好像我们知道！）大人物从平民跃起

几乎不情愿地（好像我们知道！），大人物从平民跃起，
不知不觉从士兵发展到当了皇帝，
功业
和对未来功业的梦想混杂，
道路快速延伸它不可见的曲率。
哦，那些一开始就看到结束的人！
哦，那些立志青云直上的人！
每个帝国的征服者都是一个助理簿记员，
每个国王的情人——包括死去的——都是沉思、关怀的母亲，
如果我能看到灵魂内部如看体外！

哦，欲望，多么宏伟的牢房！
生活的意义，多么广大的疯人院！

1928？

写在一本诗选最后一页的话

这么多好诗人！
这么多好诗人！
他们确实很好，彼此相像。
如此雷同，没有一个能留在你心中，
也许他们偶然得到流传，中了身后名的彩票，
通过经理人的一闪念得到地位……
这么多好诗人！
我还写个什么诗？
我写的时候它们对我的意义
就像我写作时的感官刺激对我的意义一样——
是世间唯一的大事——
外边的宇宙也随着我的伟大感而膨胀。
然后，写完了，放那儿，勉强能读……
好，现在……就收在这本小诗人诗选里？
这么多好诗人！
说到底什么是天才；你如何区分
天才，好诗人和坏诗人？
我不知道你是否能真的能区分……
最好还是去睡觉……
我把诗选合上，我厌倦它比厌倦世界要多……

是我粗俗吗？……

这么多好诗人！

我的上帝！……

1928.5.1

糟糕的夜里，每晚的实质

糟糕的夜里，每晚的实质
自然都是失眠，那是我所有夜晚的实质，
记得有一次昏睡，浑身难受却醒着，
想到生活里的所作所为，应做而未做的事，
我记得一阵痛苦
席卷我，如寒意或惊恐。
什么是生活中不可挽回的东西——尸体！
也可能其他尸体是幻觉。
也可能死者活在另外的空间。
也可能我全部的过去存在于别处，
在空间或时间的幻觉里，
在对流逝的错觉里。

但向之所非，向之不成，甚至怯于梦想；
到了今天我才明白，向之不成当所该成，
到了今天我才明白，向之所非实应所是——
那，才是让上帝也无可奈何的死去，
那——我今天最好的部分——才是上帝也不能复活的……

如果在某个时间节点，

我转向了左而不是右；
如果在某个时刻
我说了是而非不，或说了不而非是；
如果，在某次谈话中
我能达到今天半梦半醒所说的那么完备——
如果一切都是如此，
我今天就是另一个人，也许宇宙
也会不知不觉变成另外一个。

但我没转向那不可挽回的失去，
我没有，甚至连想都没想过，到了今天我才看清；
那时我没说不，或没说是，到今天才清楚我没说的是什么。
但所有我当时没说的句子涌上我的喉头，
清晰、坚定、自然，
对话结束于一个具备结论性的结论，
问题完全得到了解决……
但现在，那些过去没有、将来也不会有的事，折磨着我。

我失败之处，根本没有希望，
也不可能在形而上学的系统中占有位置。
也可能，我把梦想带到另一个世界，
但我能把我忘记梦的东西带到另一个世界吗？
是的，未来的梦想，尸体就是那样。
我把它永远葬在心里，全部的时间，所有的宇宙，

在今晚睡不着的日子，寂静包围我
如同我没有参股的真理，
外面，无影无形的月光如我从未有过的希望。

1928.5.11

把着雪弗莱的方向盘去辛特拉[1]

把着雪弗莱的方向盘去辛特拉，
在月光下，在梦中，在荒芜的路上，
我一个人行驶，缓慢行驶，
几乎就像，或者我自己觉得像
行驶在另一条路上，另一个梦中，另一个世界里，
好像我的背后不是里斯本，前方不是辛特拉，
好像我在行驶，什么是行驶——除了不停下，只是行进？

我要在辛特拉过夜，因为我不能在里斯本过夜，
但我到了辛特拉就会后悔没待在里斯本。
总是这无理性的、无关的、徒劳的烦躁，
总是，总是，总是
这夸张的无缘无故的精神焦虑，
在去辛特拉的路上，在做梦的路上，在生活的路上……

随着我握方向盘的下意识的动作，
借来的车托起我、带着我向前冲去。
当我想着这个象征往右拐的时候，我笑了。

1　辛特拉（Sintra），里斯本近郊的一个城市。

有多少我在世上用来往前走的东西都是借来的！
有多少我驾驭过的东西都是借来的却好像属于我！
啊，有多少我自己都是借来的！

路的左手有一座木屋——是的，一座木屋。
右手是一片开阔地，月亮悬在远处。
这个最近以来似乎给了我自由的车
现在成了某种把我关起来的东西，
某种只有当我被关在里头才能开的东西，
某种只有当我成为它的一部分，它成为我的一部分时才能控制的东西。

我身后左手的木屋是粗陋的，比粗陋更粗陋。
那儿的生活一定很幸福，仅因为它不属于我。
如果谁从木屋的窗子看到我，他们毫无疑问会想：那家伙是幸福的。
也许对那个从顶楼窗户往外看的小孩，
我看起来（在借来的车里）像一个梦，一个魔幻中的人成了真。
对那个一听到马达响就从底楼的
厨房窗子往外看的姑娘，
我就像每个姑娘心中的王子，
让她的眼光不断往外瞥，直到我从拐角消失。
是我把梦留在身后，还是车子把梦留在身后？

我，借来的车的司机，车，我借来开的车？

在去辛特拉的路上，月光下，怀着悲哀，前方是田野和
　夜晚，
我开着借来的雪弗莱感到凄凉，
沿着迎面而来的路失去了自己，消失于我一冲而过的里程，
在一阵突然的、疯狂的、暴烈的、无法解释的冲动下
我猛然加速……
但我的心还留在身后的那块石头上，那个木屋的门前，
我刚才绕过却视而不见，
我空虚的心，
我不满足的心，
我那比自己更人性的、比生活更精确的心。

在去辛特拉的路上，将近午夜，月光下，握着方向盘，
在去辛特拉的路上，因想象而力竭，
在去辛特拉的路上，离辛特拉越来越近，
在去辛特拉的路上，离我自己越来越远……

1928.5.5

云

今日悲伤，我的心比今日更悲……
道德和公民的义务？
职责和后果交织的网？
不，绝不……
今日悲伤，厌倦了一切……
所有……

别人旅行（我也曾旅行），沐浴在阳光下，
（我也曾沐浴阳光，或想象我曾），
别人有目标、生活，或与之对称的无知无识，
虚荣、幸福、社交能力，
他们移民，为了某天归来，或不归来，
乘着对他们只有运输功用的船。
他们不会感到蕴含在每次离开之中的死亡，
每次到达之中的神秘，
每个新事物之中的恐怖……
他们不去感受：所以他们是长官、银行家，
他们跳舞，当办公室文员，
他们看表演，认识很多人……
他们不去感受：为什么要感受？

上帝的畜棚里穿衣服的牛，
让它快乐地生活，戴上花环充当祭品，
太阳晒着暖洋洋的，高兴地、活泼泼地满足于感觉……
让它去，但是哎呀，我跟它
去往同一个终点，却没有花环！
我跟着它，却没有暖洋洋的太阳，没有生活，
我跟着它却没有无知无识……

今日悲伤我的心比今日更悲……
今日悲伤贯穿每一天……
今日悲伤……

1928.5.13

时 报

他醉醺醺地坐在桌边，给《时报》
写社论，清晰、不可归类、字迹尚可辨认……
他以为（可怜的家伙）可以影响世界
亲爱的上帝……也许他能？

1928.8.16

英伦风的歌

我和太阳、星星断交，在地球上写下句号。
我背着我所知之物的背包走得既深且远。
我旅行，买了无用之物，发现了不确定。
我的心和过去一样，天空和大漠。
我失败于向之所是，向之所欲，向之所知。
光不能唤起，暗不能窒息：我没有灵魂。
我是厌恶、白日梦、渴望，否则一无所是。
我是离自己很远很远的东西，
我走，只因为我的存在舒适而深刻，
一口黏在世界之轮上的痰。

1928.12.1

讽喻诗

巴比伦的劳合·乔治[1]们，
一个个都被历史忘记了。
埃及或亚述的白里安们[2]，
古希腊或罗马的各殖民地
所有那些个托洛茨基们[3]
都死了，虽然有刻石为记。

只有一个制造诗歌的傻瓜，
或一个耽于发明哲学的疯子，
或性格古怪的几何学家，才会
穿过重重黑暗，在身后之事
和巨大的不重要性之中流芳，
而历史不会做出任何记载。

哦，现代的伟大人物！

1 劳合·乔治（David Lloyd George，1863—1945），第一次世界大战时期任英国首相。

2 白里安（Aristede Briand，1862—1932），第一次世界大战时期的法国总理，主持战时内阁。

3 托洛茨基（Lev Davidovich Trotsky，1879—1940），俄国布尔什维克的早期领导人之一，主张不断革命论。

哦，逃脱了无名状态的人们，
你们伟大而热烈的光荣！
享受你们的拥有，不要思考！
拍一拍你们的名声和肚皮，
因为明日，属于今日的傻瓜！

1928

波尔图式内脏

有一天，在某个空间和时间之外的餐馆，
给我端来的爱是一盘冷的内脏。
我礼貌地告诉厨房的传教士
我更喜欢热的，
因为内脏（特别是波尔图式）从来不能冷吃。

他们不耐烦起来。
你从来都做得不对，甚至在餐馆也不行。
我没吃，我也没叫别的菜，我付了账，
我决定沿街走一会儿。

谁知道这是什么意思？
我不知道，但它发生在我身上……

（我很清楚每个人的童年都有一座花园，
私人的也好，公共的也好，邻居的也好。
我很清楚我们的玩耍才是它的主人
而悲哀属于今天。）

我对此了解很透，

但如果我要的是爱，为什么他们给我送上来的
是波尔图式内脏，冷的？
它不是一道可以冷吃的菜，
但他们给我端上来的是冷的。
我没有抱怨，但它是冷的。
它从来不是冷吃的，但它端来时是冷的。

也许我不比我的梦更真实……

也许我不比我的梦更真实……
那微笑是给别人的，故意笑给人看的，
纤弱的金发女郎……
她冲我一瞥，仿佛日历那般自然……
她谢谢我，因为我护着她没从电车上掉下去，
一声谢谢……
完美……
我喜欢梦到我们说话之后
从来没有发生的事，
有些人从来长不大……
实际上我认为长大的人很少——几乎没有——
那些成年了的，死了也都意识不到什么。

纤弱的金发女郎，英国身材，但绝对是葡萄牙人，
每次我偶遇你，都记起我忘记的诗句……
当然，你对我毫无意义，
当我看到你，我只记得我忘记了你，
但是，和你的偶遇总结了白天，给了忽略
一首表面上的诗，
有些正面，蕴含在生活之徒劳的负面里。

纤弱的金发女郎，你快乐因为你不完全是真实的，
因为所有值得浪费精力去记的东西，都非真实，
所有值得浪费精力的真实，都不真值得浪费精力。

1929.1.25

失 眠

我无法入睡，也不期待入睡——
我放弃了入睡的希望，甚至死了也这样。

星体广大的失眠等着我，
一个宽阔如世界的、无用的哈欠。

我无法入睡；无法读书，当夜里醒来，
无法写作，当夜里醒来，
无法思想，当夜里醒来——
我的上帝，甚至无法做梦，当夜里醒来！

哦，有没有让我变成另外一个人的鸦片！

我无法入睡，躺在这里，醒着的尸体，感觉着，
我的感觉是一个空虚的思想。
它们前呼后拥从脑子里流过，发生在我身上的事——
我为之痛悔，责怪自己——
它们前呼后拥从我脑子里流过，没发生在我身上的事——
我为之痛悔，责怪自己——
它们前呼后拥从我脑子里流过，没有意义的事——

我也为之痛悔，责怪自己，无法入睡。

我没有力气哪怕去点一根烟。
我盯着卧室的墙，好像那是整个宇宙。
外面，聚拢了所有这一切的沉默。
一种巨大的、可怕的沉默，在别的时间，
在别的时间，我能感觉之时。

我在写很好的诗——
在诗里说我没什么好写的，
在诗里坚持这么说着，
诗，诗，诗，诗，诗……
如此多的诗……
全部的真理，它们和我之外的全部生活！

我累了，无法入睡，我在感觉，不知有什么好感觉的。
我是一段感觉，却没有那感觉着的人，
一种没有自我意识的自我意识的抽象，
除了刚好够用的、能感觉到意识的那么一点，
除了——我不清楚除了什么！

我无法入睡。我无法入睡。我无法入睡。
巨大的困倦穿过大脑、眼睛和灵魂！
唯一没睡的，是我的无能去睡！

哦黎明，你太晚了……来吧……
来吧，毫无用处地来吧，
带给我类似今天的一天，带给我类似今晚的一晚……

来吧，带给我这悲哀希望的幸福，
因为据感官的古老文字所说，
你总是带来幸福和希望。

来吧，带来希望，来吧，带来希望。
我的精疲力竭沉入床垫。
我的脊背疼痛因为我不是侧躺。
如果我侧躺，我的脊背会因为侧躺而疼痛。

来吧，黎明，来吧！

几点了？不知道。
我甚至没有精力去够那块钟表，
我没有精力去够任何东西，甚至空无……
只有这些诗行，写于明天。
没错，明天。
诗歌总是写于明天。

绝对的夜晚，外面绝对的寂静。

大自然沉入平静。
人类休息，忘记痛苦。
确实如此。
人类忘记欢乐和悲哀，
他们经常这么说的。
人类忘记，是的，人类忘记，
但甚至清醒的时候，人类也忘记。
确实如此。但我无法入睡。

1929.3.27

偶然性

街道上一个金发女孩偶然走过。
但是不，她不是那一个。

那女孩在另一条街道，另一座城市，我也是另一个人。

忽然，我失去了眼前的景象，
我回到了那另一座城市，走上那另一条街道，
而那另一个女孩也走过。

具有一个不妥协的记忆是多大的优势！
现在我感到遗憾，因为再也见不到那另一个女孩，
最终我感到遗憾，因为我甚至从没见过这个女孩。

把灵魂翻个底朝天是多大的优势啊！
至少诗篇写了出来。
诗篇写了出来，你被当作疯子，然后被当作天才，
如果有点运气的话，即使没有，
成为名人，啊奇迹！

我说的是，至少诗篇写了出来……

这是关于一个女孩的，
一个金发女孩，
但哪一个？
有一个是很久之前我在另一个城市看到的，
在另一条街道上，
这一个是我很久以前在另一个城市看到的，
在另一条街道上。
既然所有的记忆都是相同的记忆，
那么过去一切都是同样的死亡，
昨天、今天，也许甚至明天，谁知道呢？

一个过路人好奇地看着我。
是不是我在用身体的忸怩和皱眉的表情作诗？
也许……而金发女孩？
说到底那不过是同一个女孩……
说到底一切不过是同样……

只有我，在某种意义上不一样了，最终也是同样。

1929.3.27

哦，给我开启另一个现实！

哦，给我开启另一个现实！
我想成为布莱克[1]被天使拜访：
我想有预见午餐的能力。
我想在大街上遇到仙女！
我想把自己从这爪子做的世界里非想出去，
从这指甲盖做的文明里非想出去。
我想成为一面活在微风中的旗，
一物飘动于另物之上的象征！

然后随你把我埋在什么地方。
我真正的心将会继续，观察——
印有狮身人面像的船帆——
飘扬在灵视的桅杆上，
被神秘的四道风吹拂。
北方——所有人需要的
南方——所有人渴望的
东方——所有物产的来源

1　布莱克（William Blake，1757—1827），英国浪漫主义、神秘主义大诗人。布莱克声称自己有幻视能力，八岁或十岁的时候有一次看见树上有天使，长着翅膀。

西方——一切终结之处

——文明之神秘气息吹出的四风

——理解世界的非理性的四法

1929.4.4

马里内蒂[1]，学者

他们全来了，所有人都来了……
除了哪天有促销，否则我也会来……
每个人都是生而置身其中的……

我没有选择，除非提前死掉，
我没有选择，除非去爬长城……
如果我留在此，他们就会抓住我，把我社会化……

所有人都来了，因为他们生来为此，
你只可能生在其中，才能到达其中……

所有人都来了……
马里内蒂，学术的……

老家伙，缪斯们会用电灯报复，
最终她们会把你放在陈年地窖里，点着脚灯，

1 马里内蒂（Filippo Tommaso Marinetti，1876—1944），意大利诗人，发起未来主义（Futurism）运动。未来主义憎恶传统，对技术、速度、暴力等元素狂热追求。

你那动力学，总有点意大利风的 f-f-f-f-f-f[1]……

1929.4.7

1 这里的 f 应该指的是未来主义（Futurism）的首字母。

我的心是风帆鞭打的神秘……

我的心是风帆鞭打的神秘……
旗子在高处噼啪作响，
树木被风揉捏、折弯、抖动，
绿色泡沫扰动不安却无法移动，
被永久判决，拘在不可言说性的根源！
我想大声说出来，用一个嗓音真正地把它说出来！
我想把知识，带给至少另外一颗心！
我想把自己带离那里……
但我是谁？曾经是旗，如今是碎布，
是飘落一旁的叶子，
说出的话，连欣赏的人都会误解其社会含义，
我想要的是整个灵魂，
但它只是一顶被车轧扁的帽子，
被废弃的废弃，
而幸福的人们从快车道上传来响亮的笑声……

1929.5.10

省略号

整理生活，把意志和行动搁在架子上……
我现在如此，也曾一直想如此，结果却都一样。
不过有个清晰的意图多好，但只在清晰性上坚定不移！

我将收拾行装去往明确，
把阿尔瓦罗·冈波斯条理化。
明天的我和前天相同——一直追溯向前……
我微笑着期待我将成为的空无，
至少我在笑；能笑便不简单……
我们全是浪漫主义的产物……
如果我们不是浪漫主义的产物，也许什么都不是。
文学就是这样炼成的……
神圣的神，生活就是这样炼成的！

其他人也是浪漫主义者，
其他人也不可能有什么成就，不管穷或富，
一辈子看着总是收拾不好的行李箱，
睡在写了一半的论文旁边，
其他的人也是我。

小贩的叫卖声像无意识的赞美诗，
政治经济学的发条所带动的齿轮，
帝国崩溃时，今天或明天死去的人的母亲，
你的声音抵达我，如去乌有乡的呼唤，如生活的沉默……
低头看报的我抬头，想着何必整理窗台，
我没有看见，只是隔窗听见她，
我的微笑还没收拢，便结束于大脑里批评的形而上。
坐在乱七八糟的桌前，什么神我都不信，
我直面命运因为被一个叫卖的小贩转移了注意力，
我的倦怠是一条旧船，在废弃的海滩上腐朽，
借着这个来自其他诗人的意象，我合上书桌，结束这首诗……
像一个神，从来不整理东西……

1929.5.15

哦，让一件事未完成的新鲜感！

哦，让一件事未完成的新鲜感！
不负责任就是积极地奔向野外！
让自己完全不可靠是多好的避难所啊！
预约的时间过去了，我可以更轻松地呼吸了。
我用存心的忽略，错过了一切，
我一再等待去参加的动力，却知道它不会来。
我自由了，反对井井有条的衣冠社会。
我赤裸着跳进想象的大水。
太晚了，我无法同时置身于两个地方，
刻意同时……
不管怎样，我要留在这里做梦遇诗，用斜体字欢笑。
静看生活流去，多么有趣！
我甚至无法点燃下一支香烟……如果这是行动，
那么告诉别人，就让他们在生活的非遇中用行动等我吧。

1929.6.17

不要担心我：我也有真理

不要担心我：我也有真理。
我从口袋里掏出它，好像魔术师。
我也属于……
没有人可以无我而死，这很自然，
表现出悲伤就是对此了解深透。
哦我的贵族露台上的把戏，
你在我心里用衬衫袖子喝粥。

1929.6.18

哦，恐怖的寂静弥布卧室

哦，恐怖的寂静弥布卧室，
钟表发出寂静的声音！
单调不变！
谁能把失去的童年还我？
谁能帮我找到它，在上帝之路的中央——
它彻底丢失了，如火车上的手帕。

1929.8.16

稀释液

14 号邻居的女士今天在门口笑了，
她的小儿子躺在棺材里被拉走，还不到一个月。
她笑得很自然，满脸洋溢着灵魂。
可以肯定的是：这就是生活。
悲哀不会持久，因为悲哀不会持久。
这是肯定的。
我重复：这是肯定的。
但我的心不肯定。
我浪漫的心从生活的利己主义发现了谜团。

这就是教训，哦人们的灵魂！
如果母亲忘掉死去的儿子，
谁会花那个精力怀念我？
我在世界上独自一人，如快倒下的陀螺。
我可以像露珠干死。
通过一种太阳质地的自然艺术，
我可以听凭遗忘而死，
我可以死得跟谁都不像……
但这让人伤心，
对还有心的人来说这可不怎么体面……

这……

是的，它粘在我的咽喉里如泪水三明治……

荣誉？爱？一个人类灵魂的渴望？

对完美的反转……

给我一瓶维达古[1]矿泉水，我想忘掉生活！

1929.8.29

---

1 维达古（Vidago）是葡萄牙北方的市镇，以矿泉水闻名，这个词的本义是“现实、实际、可靠”。

音 乐[1]……

哦，一点一点，从古老的树丛中，
浮现出她的身影，我的大脑停止运转……

一点一点，我浮现而出，从自己的苦闷中……

两条身影在湖畔的林间空地相遇……

……两条身影皆在梦中，
因为这发生于月光下，是我的诸多悲哀之一，
一种对别物存在的假设，
存在的结果……

真的吗，两条身影
在湖畔的林间空地相遇？

（……如果它们不存在又该怎样？）

……在湖畔的林间空地……

1929.9.17

1　题目原文是法语 DE LA MUSIQUE。

砰的一声

今天，心神不安，无话可讲。
今天，失了兴趣，缺乏欲望，
我要写下我的碑文“阿尔瓦罗·德·冈波斯长眠于此”，
剩下没说的都在《希腊选集》里……
为什么要押这几个破韵?
没理由。一个叫作西蒙斯的友人
不时见面，想了解一下我最近忙些什么，
我写这些诗，就是把这事说上一说。
我很少押韵，很少有人押韵得体，
但有时候，押韵实属必需。
我的心砰的一声，仿佛纸袋子
充满了气，被用力一击，
吓了一跳的过路人回首，发愣，
而我结束此诗，无所决定。

1929.12.2

注 意

我的灵魂碎了，像一只空花瓶。
从台阶上无可挽回地滚下。
从不小心的女仆手上滚落。
碎成比花瓶的瓷还要多的瓷片。

荒唐？不可能？我不肯定！
我有比我感到自己时更多的感觉。
我是四散而飞的瓷片，落在该抖搂抖搂了的门垫上。

我滚落的声音，仿佛碎了一只花瓶。
那些斜倚在楼梯扶手上的神，
眼看着他们的女仆把我变成碎片。

他们没有对她生气。
他们宽宏大量。
除了一只空花瓶，我又能是什么？

他们看着那些荒唐地具有意识的碎片，
碎片意识到自己而不是神。

他们看着，笑着。
他们冲着不小心的女仆宽宏大量地笑着。

巨大的楼梯延展出去，铺着群星之毯。
在天体之间，一块闪光的瓷片，闪光的釉皮朝下。
我的成果？我完整的灵魂？我的生活？
一块碎片。
众神仔细地看它，不知它为什么躺在那儿。

1929？

夜晚，我走在郊外的街道上

夜晚，我走在郊外的街道上，
刚从专家会议里出来，参加的全是跟我一样的专家。
我独自归来，现在只是诗人一个，没有技术，不懂工程学，
不过是长夜起始之际，孤独的鞋尖踢踏所证明的人类。
远方，最后的商铺的最后的百叶窗拉下了。
哦，幸福家庭里的晚饭声！
我走着，耳朵窥视那些家庭。
我内在的流亡活生生地发生在街道的黑暗里，
那黑暗就是我的家，我的存在，我的血。
出身衣食无忧的富裕之家，
一个奶妈，一张软床，和一个孩子的沉睡！
呵我那贫穷的内心！
我那被排斥的感觉！
我那是我所是的悲哀！

谁把我童年的婴儿床砍作柴火？
谁把我小时睡过的床单剪成了抹布？
谁把我受洗衣衫的蕾丝边
扔进世界的垃圾桶，
和家庭的尘土和果皮混杂一气？

谁把我卖给了命运？
谁把我替换成现在的样子？

我刚在确定的场合以无比的准确性谈话。
我像加法机发表了具体的观点。
我准确得像一杆秤。
我说出所知，好像真的知道。

现在，我走向电车掉头开往市内的地方，
成了形而上的放逐者，走在相距遥远的路灯下，
在两座路灯之间的阴影里，我不想再继续了，
但我终将坐上电车。
铃铛装在电线看不见的一端，随着那该刮胡子的司机
肥短的手指一拉，将响起两串吱啦啦的声音。
我终将坐上这电车。
哦，痛苦，尽管这一切，每次我都会坐上这电车——
每次，每次，每次……
每次我都回到城里。
每次我都回去了，在沉思和绕道之后。
每次我都回去了，在饿得想吃晚饭之后。
但我从来没吃过我的耳朵听到的，威尼斯百叶窗后
郊外家庭的晚饭，在那郊外，我坐电车的地方。
正常婚姻生活的居所！
我把钱塞进窗缝里买票，

司机从我身边走过，好像我是纯粹理性批判[1]……
我已经付过钱。我已经尽了责。我和所有人一样平庸。
这样的问题无解，自杀也没用。

1930.1.6

1 《纯粹理性批判》是德国哲学家康德的著作。

有太多的神！

有太多的神！
他们好像书本——没人读得完，读了也不知所云。
有些人只知道一个神，谁都不告诉——他们该多幸福。
我每天都要信点不一样的——
有时一天之内我会信好几个——
我多想成为那个小女孩，
从一扇打开的窗户后，出现于我的视野——
吃着一块便宜蛋糕（她很穷），没有明显的、最终的信念，
一个高于脊椎动物的小兽，毫无用处，
牙齿间哼着一部音乐讽刺剧里的陈词滥调……
是的，有太多的神……
哪个神把小女孩领走，我愿为你奉献一切……

1930.3.9

卡里·纳辛[1]

不是美学上的圣人，如圣德肋撒[2]，
不是教条主义的圣人，
不是圣人。
而是人间圣人，疯狂而神圣，
母性，侵略性的母性，
满怀仇恨，如所有的圣人，
以神圣的疯狂持续不懈。
我恨她，脱帽致敬，
我大喊祝她万岁却不知为什么！
美国痴呆，一道星光之环！
善意的女巫……

不要拔野玫瑰！
我们用桂冠，赞美的桂冠，
把你抬升到光荣和侮辱之上！
为你永恒不死的健康
我们举杯痛饮醉鬼的烈酒，

---

1 卡里·纳辛（Carry A. Nation，1846—1911），美国禁酒运动的发起人，鼓励砸酒馆，反对女人穿紧身衣，提倡妇女权利，庇护家暴受害妇女，曾因激进行动被逮捕30多次。

2 圣德肋撒（Santa Teresa），应该是指阿维拉的德肋撒（Teresa of Ávila，1515—1582）。

我，在世上一事无成的人，
我，从来不知如何想、如何知的人，
我，总是缺乏意志的人，
我向你致敬，疯狂的小母亲，感伤的系统！
人类理想的模范！
善行的奇迹，伟大意志的奇迹！

我的没有祖国的圣女贞德！
我的人类的圣女德肋撒！
愚蠢如所有圣人，
好战，如灵魂欲征服世界的意志！

你理应被你痛恨的酒精致敬！
我们哭泣着呼喊，举杯封你为圣！

向你致敬，敌人对敌人！
我，常常醉倒因为不想有任何感觉，
我，常常喝醉因为补充不够充分的灵魂，
我，你的反面，
我举剑向天使致敬，守卫伊甸园的天使，
我在狂喜中致敬，呼喊你的名字。

1930.4.8

沙漠是伟大的，一切都是沙漠

沙漠是伟大的，一切都是沙漠。
几吨重的石头上铺设了砖，
都掩饰不了地面，地面就是一切。
沙漠是伟大的，灵魂是沙漠，所以伟大——
是沙漠，因为它们只能被自己穿越，
伟大，是因为你从那儿能看到一切，死去的一切。

沙漠是伟大的，我的灵魂！
沙漠是伟大的。

我从没买过生活的票。
我错过了感觉之门。
没有一个愿望或机会我不曾失去。
今天，我一无所有，在旅行的前夜，
行李箱大开，等着我收拾，
而我坐在椅子上，一大堆衬衫却装不进去，
今天，我什么都没有（除了坐在这里的不适）
只是知道：
沙漠是伟大的，一切都是沙漠。
生活是伟大的，生活不值得过。

我要收拾行李，倾向于心里想着
而不是用虚幻的手收拾（我说得够清楚），
为了推迟行程，我点燃一支烟，
推迟所有的行程，
推迟整个宇宙。

明天就回来吧，现实！
今天到此为止吧，伙计们！
推迟吧，绝对的当下！
最好不需如此。

买些巧克力送给那个我不小心取代了的孩子。
拆开糖纸，因为永远都是明天。
但我必须收拾行李，
我确实得收拾行李，
行李。
我不能用假设携带衬衫，用理性携带行李。
是的，收拾行李贯穿了我的整个一生。
而且，我一生都坐在角落里一堆衬衫上，
像一头从没能成为埃皮斯[1]的公牛，反刍命运。

1　埃皮斯（Apis），古埃及受崇拜的圣牛。

我必须收拾存在的行李。
我必须存在于收拾行李中。
烟灰掉在堆成山的衬衫上。
我瞥眼看着它，发现自己睡着了。
我只知道我必须收拾行李，
沙漠是伟大的，一切皆为沙漠，
还有关于这一切的寓言，但我早已忘记。

忽然，我像所有的恺撒那样站起来。
我将一劳永逸地收拾好行李。
妈的，我要收拾行李、合上箱子；
我要看着他们把它从这里拖走；
我将脱离它而独立存在。

沙漠是伟大的，一切皆为沙漠——
除非我搞错了，当然。

可怜的人类灵魂，隔壁是沙漠上唯一的绿洲！

最好收拾行李。
剧终。

1930.4.9

遗忘之记忆穿过雾天而来

遗忘之记忆穿过雾天而来。
失去之机会随着傍晚潜入。
我在生活中睡着不睡的觉。

告诉我行动导致后果，没有用。
知道行动会有后果，没有用。
全都没用，全都没用，全都没用。

穿过雾天而来的，是绝对的空无。

我刚兴起一股冲动
去等某人从欧洲开来的火车上下来，
去码头等船只停泊，怜悯一切。

随傍晚潜入的，不是机会。

1930.4.21

电车站

给我上一盘遗忘！

我想吃的是对生活的放弃！

我想把在内心呐喊的习惯打断。

够了！我不知道什么够了，但够了……

享受明天，你说？那么今天怎么办？

享受明天是因为可以把今天拖延？

这出戏我买票了吗？

如果可以笑，我要狂笑。

这里停着一辆电车——正是我等的那班——

但我希望是另一班，而我已经坐在了上边。

没有人强迫我，为什么我却错过？

除非我让所有的车错过，包括我的自我，和生活……

对于物理的胃，一个有自我意识的灵魂是多么令人作呕！

如果可以变成别人，我会睡得多么香甜……

现在我理解了，为什么孩子们想当电车司机……

不，我什么都不理解……

洋溢蓝金的午后，人世的幸福，生活明澈的眼……

1930.5.28

我厌倦了智力

我厌倦了智力。
思想伤害情绪。
还有可怕的副作用。
她忽然抽泣，我去世了的所有的姑姨开始烹茶，
在老院子的老房子里。
打住，我的心！
沉默，人为的希望！
如果我还是以前那个男孩……
我睡得香甜，因为很简单，我累了，也没有需要忘记的想法！
我的地平线是后院、海滩，
我的结束在开始之前！
我厌倦了智力。
她什么都没实现！
我只注意到背景下的疲倦，
如酒中的渣滓必须被赋予身体。

1930.6.8

生 日

很久以前，他们会庆祝我的生日，
那时我很快乐，谁都没有去世。
在那旧房子里，甚至我的生日也是百年传统，
每个人的欢乐，也包括我的，跟宗教一样确定无疑。

很久以前，他们会庆祝我的生日，
我懵懂无知，还拿不出来希望
去满足别人对我的希望，在家人眼里我聪明颖悟，
但我沉浸其中，无知也是一种健康。
当我开始怀有希望，我不再懂得如何希望。
当我开始审视生活，所有生活的意义消失了。

是的，我知道那个人是我，
那个有一颗心和一个家的人，
那个在半郊区的夜晚和家人相聚的人，
那个曾是一个被他们喜爱的男孩的人，
那个——我的上帝——直到今天我才认识到我曾是的那个人……
多么遥远！……
（连一声回响都欠奉……）

当他们还庆祝我的生日的时候！

今天的我好像房后大厅里的潮气
让墙壁长满霉点……
我今天之所是（那些爱我之人的房子在我眼泪中颤抖）——
我今天之所是，在于他们卖掉了房子，
在于他们都已去世的事实。
我今天之所是，在于我活过了自己，如一根熄灭的火柴……

很久以前，他们会庆祝我的生日……
哦，作为一个人，我多么喜爱那些日子！
我的灵魂多么渴望用身体回到那时，
通过一种玄学和肉体的旅程，
在一种二元的我我关系里……
吃着过去如面包，饿得没时间品味齿间的黄油！

我再次看到了一切，那么真切，眼前的却视而不见……
巨大的餐桌更多空间，更华丽的瓷器，更多玻璃杯，
餐柜里全是点心、水果，还有其他东西放在下层架子上。
年长的姑姨，一大帮侄甥，都为了我而存在，
在过去他们给我过生日的日子里。

停下，我的心！
不要去想！把思想留给大脑！

哦我的上帝，我的上帝，我的上帝！
我再没有过生日。
我忍受。
我的日子越过越多。
当我老的时候，我老了。
就这样。
活该谁让你没把过去偷偷装进口袋！

很久以前，他们会庆祝我的生日！

十月十五日，一九二九年[1]

1930.6.13

1 佩索阿把冈波斯的生日安排在1929年10月15日。但据手稿看此诗写于八个月后佩索阿的生日。

碳酸饮料

突如其来的痛苦……
哦，如此痛苦，如此恶心，从胃到灵魂！
我有过怎样的朋友！
去过什么样空空的城市！
什么样的形而上的屎溺，全是我自己的设计！

一种痛苦，
一种灵魂的皮肤上无法抚慰的悲伤，
挣扎的日落中垂落的手臂……
我拒绝。
我拒绝一切。
我拒绝的比一切还多。
我高举手臂拒绝所有的上帝和他们的否定。

但我感觉在胃里和血流中缺失的是什么？
什么样的晕厥充斥我的大脑？

我应该喝点酒或自杀吗？
不：我要生存。妈的！我要生存。
生———存……

生———存……

我的上帝！佛教？吓死我！
放弃所有的地界，即使地界
有打开的门户，
无希望、无所住、
无关联，
事物的无关紧要的表面的偶然，
单调而困倦，
微风吹来，所有的门窗打开！
多么宜人的夏天，给别人！

给我来点喝的，尽管我不渴！

1930.6.20

那位英国姑娘

那位英国姑娘，金发碧眼，多么年轻，多么美丽，
她想嫁给我……
多遗憾啊，我没娶她……
我本可以幸福，
但我怎么知道我本可以幸福？
我怎么知道，本可以和
也许可能的区别，如果从来没有？

今天，我后悔没娶她，
先别说我能够娶她的假设有几分可能。
心中满是后悔，
而后悔是纯粹的抽象。
它给了你一种不适之感，
但也给了你一定的梦想……

是，那女孩是我灵魂的机会，
今天后悔的是，从我的灵魂被夺走了的东西。
上帝！没娶那位应已忘了我的英国姑娘造成了多复杂的
　后果！……
但万一她没有忘记我呢？

万一她还记得我（这种事确实有），也没改变主意

（对不起，即使你认为我很丑，但丑男人也有人爱，甚至有女人爱！）？

万一她没忘了我，还记得我是谁。

这确实是另外一种后悔，

如果让某人受苦，你是忘不了的。

但最终，全是虚荣心作怪。

确实不错，如果她还记得我，虽然怀里抱着第四胎，

俯在《每日镜报》上找玛丽公主的报道。

至少那么想也许会更好一些。

一幅英国郊区房的画面。

金发披拂的美丽的私密景观，

后悔是阴影……

不管如何，如果真是那样，无非是有点嫉妒。

和另一个男人的第四胎，他们房间里的《每日镜报》。

事情本可以不同……

是的，总是这抽象的、不可能的、不真实的，

事情本可以不同。

他们在英格兰吃下午茶果酱……

而我这个葡萄牙傻瓜，把气撒在所有的英国小资身上。

哦，但我还是能看到

一道蓝天般真诚的目光，
对我来说，看似另一个孩子……
我把你的形象从心中抹去，却不是通过诗歌的
讥讽的玩笑；
不是要掩饰你，唯一的爱，我只是不想从生活获得任何
东西。

1930.6.29

台灯座

一点一点，

没有错过任何东西，

没有任何东西抛下我，

没有任何东西保留原来的位置，

我走而不动，

我活着就是死了，

我穿过一大群非存在而存在。

我是一切，除了不是我。

我完了。

一点一点

没有任何人告诉我

（生活中谁告诉我什么又有什么关系？）

没有任何人听我说

（我说什么或你听到我说什么又有什么关系？）

没有任何人要我……

（有人跟我讲他们想要什么又有什么关系？），

好吧……

一点一点，

没有一点这种影响，

没有一点别种影响，
我要停下，
我将停止，
我完了。

什么结束了！？
我受够了感觉，假装在思考，
我还没完呢。
我还在写诗。
我还在写。
我还在。

（不，我还没完呢
还没……
我将不会完成。
我完了。）

忽然，小巷的高窗上嵌着的身影，
我童年的逝处我已不在，这大恐怖，
我那无法把握、居无定所的意识。

你还要什么？我完了！
不是缺乏邻居的金丝雀，哦另一个时空的早晨，
也不是楼梯井里面包师的叫卖声（满满一筐），

也不是我不知道自己在哪里的宣告，
也不是街道上的葬礼（我听到他们的声音了），
也不是夏日空气中木百叶窗突然的雷声，
不……这么多事物，这么多灵魂，几无固定之处！
终于，一切都可卡因下去……
我童年的爱！
我失去的围涎！
我安宁的面包，窗边喷香的黄油！
够了，现在我看不见我的所看！
操他的，我完了！
够了！

1930.7.2

可怜的朋友，我对你无可同情

可怜的朋友，我对你无可同情。
同情是昂贵的，特别当它诚恳，且在一个雨天。
我的意思是：在雨天给出同情要付出代价。
感受雨吧，把心理学留给另一种天气。

性的偏执？
但如果你过了十五岁，这听起来可不好听。
偏执于，比方说，异性和其心理学——
很愚蠢，可爱的孩子。
异性是要追求的，而不是理解。
问题是要解决的，而不是担心。
理解让你性无能。
你不能揭示太多自己。
“参孙的愤怒[1]”，懂吗？
“妇女，生病的孩子和[2][……]”
但完全不是这么回事。
不要让我为你感到遗憾，这很无聊！

---

1 《参孙的愤怒》是法国作家维尼（Alfred de Vigny，1797—1863）的长诗。

2 原文是法语 La femme, enfant malade et。

看吧：这全是文学。
一切从外部而来，好像雨。
从某种意义上讲我们是小说里的书页来到现实——
也就是翻译，可爱的孩子。

你知道为什么这很悲哀？
因为你从来没读过的柏拉图。
因为你的彼特拉克式十四行（你从未读过）全错了，
生活就是如此。

卷起文明的袖子，
伸进脏土！
也比操心别人的灵魂更值得去做。

除了鬼魂的鬼魂，我们什么都不是，
而今天，风景也没有多少帮助。
从地理学的角度，一切都是外表。
雨点落下是因为自然规律，
人类会爱是因为爱的教谕……

1930.7.9

不！我只要自由

不！我只要自由！
爱情、荣誉、财富——都是监狱。
可爱的房间？精美的家具？绒绒的毯子？
让我出去和我自己待在一起。
我想私下一个人独自呼吸空气。
我的心从不集体地跳动，
我在公有的社会里没有感觉。
我只是我，生下来就是我，除了我之外什么都不是。
我想去哪里睡觉？后院。
没有墙，只有一段伟大的对话
在我和宇宙间进行。
祥和，安宁地睡下，看到的不是衣橱里的鬼影，
而是黑色的、清凉的、全部星辰合唱的辉煌，
头上无边无际的伟大深渊
在蒙着肌肉的颅骨上，也就是我的脸上投下微风和安慰，
那里，我的眼睛——另一片天空——揭示主观存在的世界。

我告诉你我不需要它！请只给我自由！
我想和我自己相等。
不要用理想阉割我！

不要把我扎进礼仪的紧身衣！
不要把我变得令人尊敬、一览无余！
不要把我变成行尸走肉！

我想要把球扔上月亮，
并且听着它在隔壁园子里落下！
我想躺在草地上，想着，明天我再去取它……
明天我就去隔壁的园子里取它……
明天我就去隔壁的园子里取它……
明天我就去园子里取它……
从园子里取它……
从园子里
隔壁……

1930.8.11

破 布

慢慢地，下起雨来。

虽然早上天还很蓝。

慢慢地，下起雨来，

一整天我都有一点点悲哀。

期待？悲哀？两者皆否？

不知道；不过是，我醒来感到悲哀。

慢慢地，下起雨来。

我知道：阴天很优雅。

我知道：太阳迫害优雅之人因为它太普通。

我知道：随着光线变化并不优雅。

但谁来告诉太阳和其他一切我想优雅一些？

给我蓝天和一个可见的太阳，

雾气、雨水、深浅不一的暗色——我的体内都有。

今天我想只有安宁。

我甚至想要一个壁炉，幸亏我没有！

因为想要安宁我变得瞌睡。

不要夸张！

我确实困了——没必要解释。

慢慢地，下起雨来。

关心？喜爱？它们只是记忆……
只有孩子才可能有……
我逝去的清晨，我真正的蓝天！
慢慢地，下起雨来。

管家女儿漂亮的嘴巴……
可以食用的心的果肉……
什么时候？我不知道……
早晨天空发蓝的时候……

慢慢地，下起雨来。

1930.9.10

我写的诗多到不敢相信

我写的诗多到不敢相信。
我写诗最主要的原因
是因为其他人写。
如果世界上从来没有诗人，
我可能成为第一个吗？
不可能！
我会成为一个完全合宜的人，
有自己的房子，有道德。
哦，格特鲁德夫人！
你清洁我的房子的时候
漏了几个地方：
把我这些想法清扫出去！

1930.10.15

我得了寒热病

我得了寒热病，
谁都知道寒热病怎样
改变整个宇宙系统。
让我们对生活有种愤怒，
甚至打形而上学的喷嚏。
一整天都浪费在擤鼻涕上。
我的头无处不痛。
小诗人的坏状态！
今天，我真真切切是个小诗人。
我过去是多么的一厢情愿；一切都完了。

永别了，童话女王！
你扇着阳光的翅膀，而我在这儿瞎扑腾。
我好不了了，除非躺在床上。
我从没好过，除非躺在宇宙之中。
一点都不夸张[1]……多恐怖的肉体的感冒！
我需要真理和阿司匹林。

1931.3.14

1　原文是法语 Excusez du peu。

牛津郡

善吾所欲也，恶吾所欲也，最后我什么都不要。
我在床上左躺不舒服，右躺不舒服，
躺在自己存在的意识上也不舒服。
我在普遍性上感觉不适，在形而上上感觉不适，
更糟糕的是，我头痛欲裂。
这比宇宙的意义更为严重。

曾有一次，在牛津的乡下步行，
我抬头看到前方，道路拐弯的尽头，
一座小村落，教堂尖顶升起。
那景象存在我心中如照片，
像一道横纹褶皱了裤线。
直到今天才明白它的意义……
那条路，让我从尖顶看到
古老的精神性，辛劳的美德。
当我进了村，尖顶不过一个尖顶，
更重要的是，它在那儿。

你在澳大利亚会幸福，只要你不去那儿。

1931.6.4

是的，是我，我自己，我变成的样子

是的，是我，我自己，我变成的样子，
某种自身的附属品，给自己准备的备用零件，
我真实情感的不规则外包装——
我是我，在我之中，我是自己。

不管我是什么，不是什么——全都是我。
不管我所欲，所不欲——所有这一切塑造了我。
不管我爱什么，不爱什么——在我内部是同样的渴望。

同时，这印象有点无足轻重，
仿佛一个梦，形成于混乱交错的现实，
把自己丢弃给自己，坐在电车座椅上，
偶尔有人来坐了，才被发现。

同时，这印象有点遥远，
好像在凌晨的阳光里醒来，企图回忆的梦，
就是，在我内部有个什么比自己更好。

同时，这印象有点痛苦，是的，
醒来时没有梦，一睁眼全是债主，

所有事情都失败了，像被门垫绊了一跤，
装满了行李箱，箱里却没收拾干净，
在生命中的某个时刻，把自己置换成别的什么。

够了！这印象有点形而上，
像最后的太阳，嵌在即将放弃的房子的窗户里，
最好还是做一个孩子，不用探寻世界的深度——
关于面包黄油和玩具的印象，
关于和普洛塞耳皮娜[1]的花园无关的巨大安宁，
关于对生活的热情，额头紧贴着窗，
看外面的雨淅淅沥沥，
而不是成年人咽不下去的眼泪。

够了，该死的，够了！我是我，被替换的那个，
没有携带信件、信物的特使，
不笑的活宝，穿着别人的大几号的衣服的小丑，
帽子上铃铛叮叮乱响，
好像楼上仆人的牛铃。

是我，我自己，外省，晚饭后的
客厅里玩猜字游戏，没人揭开谜底。

1　普洛塞耳皮娜，是古罗马神话中的农业女神刻瑞斯的女儿，被冥王抢到地狱，成了冥府女神。刻瑞斯和冥王达成协议，让女儿每年都有几个月回来，普洛塞耳皮娜一回到她身边，农业女神一高兴，就春暖花开，所以有了四季。

我是自己，长舒一口气……

1931.8.6

哦，十四行……

我的心是个疯子海军上将
放弃了他的海上生涯，
待在家里，慢慢地回想
过去，踱来踱去停不下……

一浪一浪（我通过想象
把自己放在那张椅子上）
他放弃了的大海，回到他
懒散的肌肉里继续摇荡。

乡愁填满了他的腿和胳膊。
乡愁从他的脑海里喷涌而出。
他的倦怠变成愤怒的胡说。

但是——上帝——，心灵才是
我的主题……为什么我这首诗
处理的是海军上将，而非感觉？

1931.10.12

不要高声说话，生活在此

不要高声说话，生活在此——
生活，以及对它的意识，
因为夜色加深，我累了，无法入睡，
如果走到窗前
观看，野兽的眼帘下，一座座星星的住所……
我熬过白天，希望晚上能睡。
现在是晚上，几乎是第二天。我疲倦不堪。我无法入睡。
我从困倦中感到了全人类——
这是一种几乎把骨头化成血肉的困倦……
我们都是同样……
被抓住翅膀的苍蝇，我们踉踉跄跄
穿过世界，一片横跨裂缝的蛛网。

1931.10.21

好吧，我不大对劲……

好吧，我不大对劲……

请允许我从大脑里的争论中分神出来。

我不大对劲，好吧，跟其他事一样，这很正常……

我是否相信？

我相信我相信。但我不过是在重复自己。

是否爱必须永远？

是的，爱必须永远，

但只在爱中永远，当然。

我再说一遍……

人把自己的生活搞得多糟糕啊！

好吧，好的，我明天把钱带来。

哦伟大的太阳，你对此一无所知，

你肯定很幸福，因为无法盯视这平静而无法抵达的蓝。

1931.10.30

延长这场沉默的对话毫无用处

延长这场沉默的对话毫无用处。
你陷在沙发里，蜷在一角抽烟——
我陷在跟沙发差不多的扶手椅里抽烟，
我们沉默以对，已经一个小时，
除了唯一一次看上去像要说点啥的冲动。
却只是另点了一支烟——紧接着上一支的余烬——
继续这场沉默的对话，
偶尔被双目相对想说点啥的样子打断……

是的，毫无用处，
但一切，甚至包括户外生活，全都无用，
有些事情也很难说……
比如，这个问题。
我俩之间她喜欢哪个？这种事该怎么讨论？
别谈她，你不这样认为？
最重要的是，不要成为想要首先开口的那个！
和对面冷漠的朋友谈论她，怎么可能……
烟灰落在你的黑色外衣上——
我想要告诉你，但一想到我必须开口……

我们再次互相看了一眼对方，如同路人。
我们没有犯的那个共同之罪
从两道目光的深处赫然浮现。
忽然，你伸了伸腰，半起半坐——说抱歉……
“我去睡了！”你自言自语，因为是你先开的口。
这事搞得太心理学、太不由自主，
都因那位在同一间办公室工作的可爱、庄重的女人，
哦，睡觉去吧！
即使要写诗，你知道，也全是嘲讽！

1931.11.22

我在午夜和午夜的寂静中醒来

我在午夜和午夜的寂静中醒来。
我看到——滴滴答答——还有四个小时就是早晨。
在失眠的绝望中，我一把推开窗。
看到对面一个人类，
与另一扇亮灯的窗十字交错！
夜晚的兄弟之谊！

夜里，不由自主的、秘密的兄弟之谊！
我俩醒着，但人类并不知道。
人类沉睡。我们有光。

你是谁？病人、伪币制造者，如我一般的失眠者？
这不重要。永恒、无形、无限的夜，
在此只有我们两扇窗户的人性，
我们两盏灯那安静的心，
站在我公寓后房的窗户前，
感觉木窗台上夜晚的潮湿，
我探出身体朝向无限，却离自己近了一点。

甚至公鸡也无法惊扰这绝对的寂静！

你在做什么？亮着窗的同志？

梦，缺乏睡眠，生？

你秘密的窗户氤氲一圈昏黄……

有趣的是：你没有电灯。

哦，我失去的童年的煤油灯！

1931.11.25

关于塔维拉[1]的记录

终于，来到我长大的小镇。
我下了汽车。定定神，看、看见、比较。
（只需一道疲倦的目光）。
过去崭新的一切，如今破败。
旧房前开了新店、涂了新的招贴——
一辆我从来没见过的汽车（过去没有汽车）
堆积暗黄，堵在半开的门前。
过去崭新的一切，如今破败。
包括比我年岁小的东西，因为显出其他的更老。
重新粉刷的房子更老，因为重新刷了。
我站在园子前，看到的是我。
那时，我看到自己四十岁的辉煌——世界之王——
如今我四十一，无精打采地下了车。
我征服了什么？什么都没有。
事实上，我什么都没征服。
包里装着厌倦和破产，越来越重……
忽然我的步子坚定起来。
所有的犹豫都消失了。

1　塔维拉（Tavira），葡萄牙城市，冈波斯的出生地。

毕竟，我童年的城是一座陌生的城。

（我前所未有的轻松，因为陌生对我就是无所谓。）

我是一个外来者、旅游者、过路人。

当然：这就是现在的我。

甚至在心里，我的上帝，甚至在心里。

1931.12.8

我想死在玫瑰中，因为童年时喜爱玫瑰

我想死在玫瑰中，因为童年时喜爱玫瑰。
后来喜欢菊花，却冷血地拔掉花瓣。
少说点、慢点说。
不要让我听见你，特别是在思想中。
我要什么？我的双手空空。
悲伤地紧抓某个遥远的床罩。
我想什么？我的嘴干瘪、抽象。
我活什么？一场甜美的梦！

1931.12.8

我的心，这受骗的海军上将

我的心，这受骗的海军上将
曾统帅一只从没造出来的舰队，
沿着一条不被命运允许的航线，
寻找一种不可能实现的幸福。

搁浅在沙滩，荒诞、无人关注，
因为生活给他的，只会是鄙弃，
什么都没给，什么都没给，什么都没给，
就像这些断续的诗行所说。

但是生活在阴影下的历史
也有好处；失败后的沉默里
有更多的胜利没有的玫瑰。

就这样，海军上将的帝国舰队
满载渴望和光荣的种种梦想
在它的路线上航行，没有后退。

1931？

生活中欢乐的日子太少……

生活中欢乐的日子太少……
及时行乐……是的，我听过很多次了，
甚至对自己也说过。（重复就是活着。）
及时行乐，你不认为如此?

去吧，虚假的金发女郎，让我们匿名去放放松，
你和你电影般清晰的身影，
你漫无目的的一瞥，
履行你作为陷阱中的动物的职责，
我，在意识的平面，冷漠地斜眼观看，
让我们相爱吧。时间只有一天。
让我们抓住所有的浪漫!
我把不情愿的手表放在背后。
我是讲给你听的话语中的流畅——
是你在我的阿尔卑斯山这边所等待的，什么阿尔卑斯!
　我们是身体的。
没有什么能破坏一段未来关系的许诺的通道，
一切都在优雅地发生，如在巴黎、伦敦、柏林。
你说，“看得出你在国外生活了很久。”
我听到这话感到一点虚荣!

我不过是担心你要跟我谈谈你的生活……
里斯本的夜总会？好吧，就去那儿，没问题。
忽然，我的视觉出现报纸上一条广告：
“上流社会约会”，
诸如此类。
但所有关于这些粗鄙之事的未来的反思
都没能打断这段对话，在这对话中你认为我是个人物。
我的一半在说话、模仿，
每次我看和感觉的时候，你都喜欢我多一点 [……]；
这时，我忽然俯压桌面，
压低嗓门讲了一个合宜的秘密。
你笑了，所有人都在看，嘴张大，情洋溢，近在咫尺，
我真的真的爱你。
回荡我们体内的却是离去的性行为。
我歪着头看账单……
你快乐、活泼，感觉到自己，你说话……
我微笑。
微笑背后，我不是我。

1932.2.5

哦，多么令人惊奇

哦，多么令人惊奇，
在我们陷入悲伤的安静、重大时刻，
仿佛有人去世，我们在他家里漠然无声，
一辆汽车驶过，一只公鸡在院里打鸣……
多么远离人世啊！
这是另一个世界。
我们走到窗前，太阳在外面闪耀——
大自然巨大苍白的寂静没有被打断。

1932.3.28

现 实

是的，二十年前我常来这里……
这一片城区没有什么变化——
或者是我看不出来。

二十年前！
那时的我！是的，那会儿的我不同……
二十年前，这些房屋又知道些什么……

二十段无用的年华（我不知道是否如此！
我怎么知道什么有用，什么没用？）……
二十段失去的年华（不过赢得它们又是什么意思？）

我试图在脑子里重建
当我常来这儿的时候我是谁，我是怎样的，
二十年前……
我不记得。我记不得。
那时候常来这里的那个人
也许记得，如果他还存在的话……
相比二十年前经过这里的那个我，
我对很多小说里的人物更为熟识！

是的，时光的神秘。
是的，对任何事都一无所知。
是的，所有船上诞生的人们，
是的，是的，所有这些，或别的说法……

和从前一模一样的二楼窗口，
常有一个比我还大的穿蓝衣服的女孩探身出来。
她现在怎样了？
对一无所知的事，我们可以任意想象。
我处于一个身体和道德上的停滞：我宁愿不去想象……

那一天我从这条路上走过，愉快地想着未来，
因为上帝允许不存在的事闪亮。
今天，走在这条路上，我甚至不会愉快地回忆过去。
最多，是什么都不想……
我似乎看到两道人影在这条路上错身而过，不是彼时，
　亦非此时，
而是此地，没有被时间打扰的错身而过。
我们互相无动于衷。
那个旧我沿街走去，想象一朵未来的向日葵。
那个今我沿街走来，什么都不想象。

也许这真的发生过……

确实地发生过……

是的，真实地发生过……

是的，也许……

1932.12.15

地图的辉煌，通往具体的想象的抽象之路

地图的辉煌，通往具体的想象的抽象之路，
信件、看似随机的笔触所开启的奇观。

多么甜美的梦，从那些古书的尘封，
繁复的签名（如此简洁、雅致）散发出来。
（久远褪色的墨迹，在此却超越了死，
时光的可见之谜，活着的空无，我们亦无不同！）
我们每天都忘记的，从图画中返回，
某些铭刻的宣告，不经意地宣告了多少啊！

一切都在表达或暗示它不曾表达的，
一切都在诉说着它不曾诉说的，
而灵魂继续做梦，变得不同、偏离。

1933.1.14

收拾行装，但没有目的地

收拾行装，但没有目的地！
出发，去向对万事万物的普遍否定，
乘坐装饰华美的虚幻的航船——
那些缩微的、童年的多彩航船！
收拾行装，去往伟大的放弃！
不要忘记，除了毛刷和剪刀，
你无法获取之物那多彩的距离。
一劳永逸地收拾行装！
你算得了什么，在生活中一无是处——
越有用就越无用——
越真实就越虚假——
你算得了什么，你算得了什么，你算得了什么？
出发，哪怕没有行装，也要向着你多样的自我前进！
除了无，这个住满了人的世界与你有何关系？

1933.5.2

辉煌的

这内部之光，宇宙，何时结束，
而我，我的灵魂，也有属于我的一天？
我何时从觉醒中醒来？
我不知道。高高照射的太阳
无法直视。
冷冷闪耀的星星
无法计量。
心轻飘飘地跳动，
听不到。
何时这场没有剧场的戏——
或没有戏的剧场——谢幕，
以便让我回家？
何地？何为？何时？
哦，猫咪用生活之眼盯着我，谁躲在你的内部？
是他！是他！
他像约书亚那样命令太阳停下，我醒来，
即是白天。
我微笑，休眠，我的灵魂！
我微笑，我的灵魂，白天就要降临！

1933.11.7

原 罪

谁会写出可能发生却没发生的历史？
假如有人写出来，
那就是人类真正的历史。

真实存在的只有世界，没有我们，只有世界。
不存在处，才是我们，真理即在其中。

我是我没有成为的人。
我们都是对自己的愿想。
我们的现实是我们从没获得的东西。

我们的真理是什么——童年的窗口之梦？
我们的确定性是什么——桌上没完成的计划书？

我头靠交叠的双手，在阳台窗的
高台上一把椅子上坐着，我在沉思。

我的现实是什么，如果我全部的拥有只是生活？
我怎么了，为什么我只是我的存在？

我曾无数次是恺撒！

在灵魂中，若有一点真理，
在想象中，若有一点公平，
在理性上，如果稍微允许——
我的上帝！我的上帝！我的上帝！
我曾无数次是恺撒！
我曾无数次是恺撒！
我曾无数次是恺撒！

1933.12.7，于世界

他们给我戴了一顶帽子——

他们给我戴了一顶帽子——
整个天空。
他们给我盖了一个盖子。

多么宏伟的野心！
多么强大的完满！
甚至还有一点点真理……
但在所有这一切之上
他们给我盖了一个盖子。
仿佛盖在旧便壶上的那种——
只有在偏僻的农场才能找到的——
盖子。

1934.4.12

里斯本和它的房子

里斯本和它的
花花绿绿的房子，
里斯本和它的
花花绿绿的房子，
里斯本和它的
花花绿绿的房子……
如此多样，只可能是单调，
就像感觉太多导致我只能思考。

如果夜里躺着睡不着
处于无法入睡的毫无用处的清醒中，
我试图想象点什么，
但总是出现了别的东西（因为我
很困，人一困，就倾向于迷梦），
我试图扩大我想象的领域，
去那绵延壮观的棕榈林里，
但所有我能看到的
只是我的眼帘之后的
里斯本和它
花花绿绿的房子。

我微笑，因为躺在这里是另一回事。
如此单调，只可能是多样的。
我太我了，所以只能睡下，以忘记我的存在。

只有里斯本
和它五颜六色的房子，
没有我，因为睡着的我忘记了我。

1934.5.11

多么幸福

多么幸福啊，
住在我和我的梦的街对面的房子里！

房子里住着我不认识的人，我见过却没有看到的人。
他们是幸福的，因为他们不是我。

在高高的阳台上玩耍的孩子
永远活在花盆之间，
毫无疑问。

从房间里传来的声音
总是在歌唱，毫无疑问。
是的，他们必须唱。

不管何时这里举行宴会，那里也举行宴会，
这是肯定的，因为一切都是对应的：
人和大自然，因为城市即大自然。

多么巨大的幸福，只因为不是我！

难道别人不这么想？
什么别人，没有别人。
别人感到的是一个关了窗的家，
窗一开
他们的孩子便在有护栏的阳台上玩耍，
四周的花盆里，不知道长着什么样的花朵。
别的人从来不感觉。
我们才是那感觉之人，
是的，我们全体，
甚至那个无所感觉的我。

什么都不算？好吧……
一点什么都不算的微痛……

1934.6.16

这古老的苦闷

这古老的苦闷，
我随身携带已好几百年，
从它的容器里泛滥出
眼泪，狂野的想象，
并不恐怖的噩梦，
突然袭来的巨大的没有道理的情感。

它泛滥了。
我茫然不知所措，如何伴随
这粉碎了我灵魂的疾病一起生活。
如果我真疯就好了！
但是不：总是这种两不靠的状态，
这种几乎，
这种可能是……
这种。

精神病院的病人至少算个人。
我是一个没有精神病院的精神病人。
我有意识地疯，
我冷静地疯，
我格格不入于一切，和所有相同：

我处于一个清醒的睡眠中，做着疯狂的梦，
因为它们并非梦。
我像是……

我失去的童年可怜的老房子！
是谁让我从你里面搬走？
你的孩子怎么了？他疯了。
曾在你外省的房顶下睡得香甜的孩子怎么了？
他疯了。
谁曾是那个我？他疯了。他就是今天的我。

如果我至少信个什么宗教。
比如，我们家里信过的
来自非洲的偶像崇拜。
它很丑陋，它很怪诞，
但包含了所有被信奉的神圣性。
如果我至少信个什么偶像——
朱庇特、耶和华、大写的人性……
哪一个都行，
难道不是吗，事物无法离开我们的思想而存在？

粉碎吧，彩绘的玻璃心！

1934.6.16

我下了火车

我下了火车
对那个偶遇的人说再见，
我们在一起十八个小时，
聊得很愉快，
旅途中的兄弟之情。
很遗憾我得下火车，很遗憾我得离开
这个偶遇的连名字都不知道的朋友。
我感到眼睛里满是泪水……
每次道别都是一次死亡……
是的，每次道别都是死亡。
在那列我们称作生活的火车上
我们都是彼此生活中的偶然，
该当离去时，我们都会感到遗憾。

所有人性的东西打动我，因为我是人。
所有人性的东西打动我，不是因为我有一种
与思想和教义的亲缘关系，
而是因为我与人性本身的无限的伙伴关系。

那个哭着，不想离开

那栋房子的女仆是因为怀旧，
虽然她在其中被粗暴地对待……

所有这些，在我心里，都是死亡和世界的悲伤，
所有这些，因为会死，才活在我的心里。

而我的心略大于整个宇宙。

1934.7.4

麻木地

麻木地，
冷漠地，
心不在焉地，
我看着你用两只手
编织的织品。

我从一个不存在的山丘上看
它一针针织成布匹……

为什么，你的手和灵魂
取悦于这谜语般的小东西，
一根燃烧的火柴按上去便可以毁灭？
但问题是
我为什么要批评你？

没有理由。
我也有我的针织品。
从我开始思考的时候就有了。
一针针织成一个没有整体的整体……
一块布匹，我不知道是做成衣服还是什么都做不成。

一个灵魂，我不知道它是用来感受，还是用来生活的。

我有意观察你之时

我便看不见你了。

针织品、灵魂、哲学……

世界上所有的宗教……

所有让我们度过生存的闲暇的事物……

两颗象牙顶针、一个线圈和沉默……

1934.8.9

星期天，我要以别人的名义去公园

星期天，我要以别人的名义去公园，
满足于我的隐姓埋名。
星期天，我会幸福——他们，他们……
星期天……
今天是没有星期天的一周……
根本没有星期天——
从来没星期天——
但下个星期天总会有人在公园里。
生活继续，
特别是对于那些敏于感觉的人，
多多少少对于那些思考的人：
星期天总会有人在公园里……
不是在我们的星期天，
不是我的星期天，
不是星期天……
但星期天总会有别人在公园里……

1934.8.9

我多久没写一首长诗了！

我多久没写一首
长诗了！
好多年了……

我失去了发展韵律的能力，
在韵律中思想和形式
携手共进
是身体和灵魂的统一体……

我失去了所有曾给过我
某种内部确定性的东西……
我还剩下什么？
太阳，不用我呼唤就在那儿……
白天，不需我做任何努力……
一阵微风，或者一阵微风的爱抚，
使我意识到空气……
和家的利己主义的无欲无求。

但是，哦，我的《胜利颂》
和它直线发展的律动！

哦，我的《海洋颂》
和它的正诗节、反诗节、抒情部分！
我的计划，我所有的计划！
还有最后的、不可能的终极颂歌！

1934.8.9

午夜的宁静开始降临

午夜的宁静开始降临
不同的楼层，楼层上堆积的生活
组成了这个公寓大楼。
三层的钢琴安静下来。
听不到二层的脚步声了。
底层的收音机也沉寂了。

一切都将入睡……

我独自和整个宇宙待在一起。
我甚至没有走到窗前的欲望：
如果我观看，会有多美的星星！
高高的静寂会有多么巨大！
多么非都市的天空！——

然而，我却藏在欲望中，
为的是不被隐藏，
我焦急地聆听街市之声。
一辆汽车——嗖！——
交谈中的一双脚步声刺激我。

粗鲁的关门声让我痛苦。

一切都在睡去……

只有我醒着，严肃地聆听，
等待着某种东西
在我去睡之前。
某种东西……

1934.8.9

在一个永不启程的前夜

在一个永不启程的前夜
至少不用整理什么行李箱，
不用一条条列出第二天
出发前要做什么的单子，
其中一些条目，已被忘记。
在永不启程的前夜
什么都不用做。
多么轻松啊，鉴于
没有什么需要轻松的！
多么安心啊，不再有理由
为了这些，为了把所有的事考虑进来而耸肩，
刻意地抵达空无！
不需要变得幸福是多么幸福，
仿佛一个大好机会
翻了个底朝天。
好几个月我一直生活在
思想的植物状态中！
一天天过去了，毫无条理……
轻松，是的，多么轻松……
安心……

多好的休息，经过如此多身体或精神的旅行，
多么愉快啊，看着关好的行李箱如看空无！
打盹吧，灵魂，打盹！
在你尚能做到的时候，打盹吧！
打盹！
你没有多少时间了！打盹吧，
因为这是永不启程的前夜！

1934.9.27

这么多当代诗歌

这么多当代诗歌！

这么多完全属于今天的诗人——

一切都很有趣，很有意思的一切……

哦，但全都那么雷同……

全都那么均衡，

全都只是写写而已……

既非艺术，

亦非科学，

更不是真正的乡愁……

这个人看了看丝柏的静默……

那个人看到丝柏后的落日……

这个人注意到诸如此类背后的情感……

但是，然后呢？……

哦，我的诗人，我的诗歌——然后呢？

最可怕的总是这个然后呢……

因为你必须思考之后才能说——

再三思考——

你，我的老朋友，诗人和诗歌，

只想着用愚蠢的迅捷犯错——还有笔——

神圣的古典文学更保险，
幸福的十四行更有价值，
任何东西，甚至不好的，都比某些
旧的好东西那不可解释的边缘更有价值……
“我表达了灵魂”
哦，你肯定没有：你只是感觉做到了。
小心你的感觉！
它经常属于别人，
只有在眩晕的偶然中感觉到它时
才属于我们……

1934.11.1

象征？我厌倦了象征……

象征？我厌倦了象征……
但有人告诉我，万物皆为象征。
他们的说法毫无意义。

什么象征？梦——
让太阳作为象征，没问题……
让月亮作为象征，没问题……
让地球作为象征，没问题……
但谁会注意太阳，除了风停雨住时
穿透云团露出头来，显示
它身后天空的蔚蓝？
谁会注意月亮，如果不是
它射出的光线那么美丽？
谁会注意我们踩踏的地球？
说着地球，想的却是田野、树木和山丘，
毫不明智地贬低了它，
别忘了大海也是地球……

好吧，让一切都成为象征……
但什么是象征？不是太阳、月亮、地球，

当蓝色渐暗，太阳提早下山，
卡在破破烂烂、稀薄消散的云团里，
神秘的月亮出现在天空另外一方，
一天最后的余晖
给女裁缝的头发镀金，被男友抛弃的她
踟蹰在街角，过去俩人徘徊的地方。
象征？我不要什么象征。
我想要的仅仅是——那可怜孤独的瘦小身躯啊！——
让男友回到女裁缝的身边。

1934.12.18

古人召唤缪斯

古人召唤缪斯。
我们召唤我们自己。
我不知道缪斯是否出现过——
毫无疑问这取决于召唤什么，怎么召唤——
但我知道我们没有出现。
多少次我趴在
自我的井边
颤抖地喊“嗨”，为了听一声回响，
但从来没听到比我所见更多的东西——
水面微弱、黯淡的闪光
晃动在一无是处的深处……
没有回声……
只有一点脸庞的晃动，
肯定是我的脸，因为不可能是别人的。

只有一种几乎看不见的
发亮的弄脏的图像
在那儿，深处……
在沉默里，和深处虚假的光里……

好一个缪斯！

1935.1.3

当我不再考虑

当我不再考虑后来，
生活变得更为平静——
也就是，更不是生活。
我成了自己的哑巴伴侣。

目光，穿过低窗的上部，
看街上的女生跳舞、玩耍。
她们逃脱不了既定的命运，
这让我痛苦。
看见她裙背纽扣半解，让我痛苦。

伟大的蒸汽压路机，谁让你
在这条铺满灵魂的路上滚动？

（但一个女孩的嗓音打断了我
——她尖细的声音从花园传来——
就像我让一本书
迟疑不决地落在地板上。）

这生活的舞蹈中没有我的爱。

我们做什么才能玩一个自然的游戏，
同样的裙背纽扣半解，同样的领口上
那肮脏的褶边，微露肌肤？

1935.1.3

我，我自己……

我，我自己……
我，满是世界所能造成的
疲倦……
我……
最终，因为一切皆我，
甚至包括星星，一切
都从我的口袋跑出来逗弄孩子。
什么样的孩子我不知道……
我……
不完美？不可索解？神圣？
我不知道。
我……
难道我没有过去？毫无疑问。
难道我没有现在？毫无疑问。
难道我没有未来？毫无疑问，
即使它不会持久。
但是我，我……
我是我，
我仍旧是我，

我……

1935.1.4

我不知道是否星星统治了世界

我不知道是否星星统治了世界，
不知道是否纸牌——
纯粹玩玩的，或塔罗牌，
能揭示什么真理。

我不知道是否骰子一掷
能够导致什么结论，
但我更不知道
按多数人的方式那样活着
是否就能做到什么。

是的，我不知道
是否应相信这每天必升的太阳
它的真实性无人能够担保，
也许相信另外一个太阳
会更合宜（因为它更好、更方便）——
一个把夜晚照亮的太阳——
某种超越我的理解力的
深刻的、对万物的照耀

现在……

（让我们慢慢来）

现在

我对楼梯扶手有一种绝对可靠的把握，

我用手握住它——

这不属于我的扶手，

往上时我靠着它……

是的……我往上……

上到这里：

我不知道是否星星统治了世界……

1935.1.5

虽然如此，虽然如此

虽然如此，虽然如此，
在我为自己所做的春天之梦里，
有彩旗和剑。
也有希望
给我不自主的幻觉中的田野
铺上了露珠，
还有某个人冲着我笑了。

今天，我好像另外一个人。
我不记得我曾是谁，除了历史的附庸。
我对成为谁的问题的兴趣，跟对世界未来的兴趣一样多。

忽然，我从楼梯上滚下，
咚咚咚好像滚落的哄笑，
每滚下一级对我刚才具有讽刺意味的自我展示来说
都是一个回避不及的铁的见证，

可怜的家伙，他没有得到工作因为没有干净外衣可穿，
而那位高贵的富人失去了爱的位子，
因为他没有穿一件他想穿的好衣服，他也可怜。

我如雪一样不偏不倚。

我从来不会嫌贫爱富，

因为，在内心里，我从来不偏爱任何东西。

我总是把世界看成独立于我的。

在它背后，是我非常活泛的感觉，

但那是另一个世界。

虽然如此，我的心碎从来没有让我把橘红看成黑色。

外部世界高于一切！

而我，容忍我自己，和随之而来的一切。

一个死人平静的失去性格的脸

一个死人平静的失去性格的脸。

古代葡萄牙的水手
穿过他们害怕的末日伟大的海洋，
最后看到的既非魔鬼亦非深渊，
而是从未见过的壮丽海滩和星星。

上帝的橱窗后有什么，被世界的窗板遮挡？

有时我有了好的想法

纪念本诗完成后
才被纪念的索姆·詹宁斯[1]

有时我有了好的想法
突然袭来，想法和词语却很自然地
互相脱离……

写完之后重读……
我为什么写成这样？
我从哪里找来的玩意？

在这世上，我们是否只是笔墨，
别人用它来实现我们以之打的草稿？……

1934.12.18

1 索姆·詹宁斯（Soame Jenyns，1704—1787），英国作家、议员。

那时候没有电

那时候没有电。
我借着一支昏黄的蜡烛，
身体插在床铺里，
手头有什么，就读什么——
一部《圣经》，葡萄牙语（多奇怪啊），新教徒本，
我重读《哥林多前书》。
外省之夜把我包围的绝对的寂静
发出巨大的声音作为反面的背景，
让荒凉之中的我生出哭泣的冲动。
《哥林多前书》……
我重读，借着突然古老的蜡烛，
汪洋的大海在我心里低语……

我什么都不是……
我是一个虚构……
我想从世上的一切或自身之中获得什么？
“若我没有仁爱”[1]……
那至高无上的声音从世代的起点传来，

1 《新约·哥林多前书》13：3：我若将所有的周济穷人，又舍己身叫人焚烧，却没有爱，仍然与我无益（和合本）。

如此伟大、解放灵魂的福音……

“若我没有仁爱”……

我的上帝，我没有仁爱！……

1934.12.20

我摘掉面具，照镜子……

我摘掉面具，照镜子……
我还是多年前的那个孩子。
一点都没变……
这就是懂得如何摘掉面具的好处。
你仍旧是一个孩子，
过去活到了现在，
孩子。
我摘掉面具，又戴回去。
这样更好。
这样的话我就是面具。
我回到日常，好像进了电车站。

1934

哦！变得漠然！

哦！变得漠然！
正是从冷漠的权利的高度，
头领的头领运营世界。

异化于你的自我！
正是从这种异化的高度
圣徒的导师们统治世界。

被任何存在之物遗忘！
正是从对遗忘的思考的高度
神的神祇统治世界。

（我没听到你说什么……
我只听到音乐，甚至连音乐也没听到……
你在同时弹奏和说话吗？
是的，我想你在同时弹奏和说话……
和谁？
和那个结束于世界之沉睡的人……）

1935.1.12

返 家

上一首十四行还是多年以前，
但我要再写一首，不管怎样。
十四行诗属于童年，现如今，
我的童年不过是一小颗黑点，

把我从火车（也就是我）扔下，
落到那静止、徒劳的轨道之间。
而十四行诗，像是有人占据了
我的脑海（两天了）沉思不断。

感谢上帝，我还没忘记如何
把十四行诗句构成一个整体，
让人们一看就知道处于何地……

至于人们在哪里，我在哪里，
对此，我不知道，也无所谓，
不管我知道什么，都见鬼去吧。

1935.2.3

我什么都没想

我什么都没想，
这是个什么都不是的重点，
对我来说如夏夜的凉风，
相比热烘烘的白天有一股鲜甜。

我什么都没想，多好！

什么都不想
就是完全占有灵魂。
什么都不想
就是全身心体验
生活的潮水涨落……

我什么都没想。
除了……仿佛是扭伤，
后背痛，或后背半边，
我精神的嘴巴涌上一股苦味，
因为，毕竟
我什么都没想，

不过真的，什么都没，

都没……

1935.7.6

诗，希望之歌

一

给我百合，百合
还有玫瑰，
但若你没有百合
或者玫瑰给我，
至少怀着给我
百合和玫瑰的
意愿。
意愿就够了，
你的意愿，如果有的话，
给我百合
还有玫瑰，
我就将有百合——
最好的百合——
最好的玫瑰，
虽然什么都没收到。
除了你给我百合
和玫瑰的
意愿。

二

你穿的裙子
对我的心
是一段回忆。
有人很久之前穿过，
我再也没见过她，
但我记得。
生活中的一切
都通过记忆进行。
某个女人的姿态
感动我们，让我们想起母亲。
某个女孩走起路
像姐妹，让我们幸福。
一个孩子把我们从失神状态拉回，
因为我们爱她那样的女人，
那时年轻，从没跟她说过话。
每件事都是如此，多多少少。
心颠簸着前行。
活着，意味着和你自己相左。
在一切结束之际，我累了，睡去。
但我想和你相会，

我想和你一起说说话。
我肯定你我会相处愉快。
若我们没有相遇，我会紧抓
我以为我们会相遇的那刻。
我保留一切——
所有我曾写过的信，
所有我不曾写过的信，
哦上帝，人们保留一切，不管想不想要，
你那件小蓝裙？我的上帝，如果我能借着它
把你拉近！
是，什么事都有可能……
你如此年轻——青春洋溢，理查多·雷耶斯会说——
我对你的幻视爆炸了，
我躺在砂砾上，笑得好像低等生物。
妈的，感觉让你疲惫，生活温暖，如果太阳高挂。
来自澳大利亚的晚安！

我知道：有人说了真话……

我知道：有人说了真话……
甚至晾衣绳看上去都满怀忧虑。
客观性进来拜访，
而我们却留在外面，雨水浇湿的床单
忘在街道的晾衣绳上，所有窗户都关着。

我醉醺醺于世界上一切不公……

我醉醺醺于世界上一切不公……
——上帝的洪水，金发婴儿翻滚，
我，把别人的痛苦燃成心中怒火的人，
巨大的羞辱，只因一段沉默的爱——
我，只懂造句的抒情诗人，没有别的能耐，
我，我的补偿性欲望的鬼魂，冷雾——

我不知是否应该写诗、作词，因为灵魂——
那无穷无尽的别的灵魂受苦，在我之外。

我的诗就是我的无能。
那些我做不了的，我写；
那些多彩的韵律缓解了我的怯懦。

轻信的女裁缝被引诱、被强奸。
见习老鼠总是被抓住尾巴，
富有的生意人被他的财富奴役
——我不区分，无不赞美，我不 [……]——
他们全是人类动物，愚蠢地受苦。

感觉到所有，思想这所有，胡言乱语，
我打碎了心，如镜子，这不祥的命运之兆，
世界上一切不公都成了我体内的世界。

我的棺材心，我的 [……] 心，我的绞架心——
所有犯罪都在我体内发生，并得到惩罚。

泪汪汪的眼，没有用处，人类的神经糨糊，
喝醉了利他主义的奴性，
戴卷发夹的声音，在旷野的第四楼左手……

今天我什么都缺，仿佛地板

今天我什么都缺，仿佛地板，
因为我对自己了解太他妈深了，因为所有我
用来把握自己的意识的手册
都失落了，像一块差劲的棒棒糖包装纸——
今天，我的灵魂类似神经死亡——
灵魂的坏死，
感觉的腐朽。
不管做了什么，我清楚地知道：一事无成。
不管梦了什么，和搬运工的梦没有什么不同。
不管爱了多少，即使今天记得，也早已消亡。
哦，我的小资童年的失乐园[1]
哦伊甸园，夜里的茶壶保温套，
干净的童年针织床单！
命运对我结束了，如一本夭折的手稿。
不高也不低——从未拥有的意识……
老处女的卷发器——我的全部生活。
我肺里传来的却是胃痛。
我必须长呼吸以维持灵魂。

1　暗指英国诗人弥尔顿（John Milton，1608—1674）的长诗《失乐园》。

我意志的关节里有一连串悲哀的病痛。
我诗人的花环——你是纸花做的，
你假设的不朽，是你不曾拥有的生活。
我诗人的桂冠——彼特拉克式的梦，
没有斗篷，只有一点名声，
没有骰子，只有上帝——
最后的拐角酒吧里，假酒单子！

不，不是疲倦……

不，不是疲倦……
是一团幻灭
用某种思想捅了我一刀，
一个彻头彻尾
充满感伤的周日，
深渊里的假期……

不，不是疲倦……
是我存在的存在，
也是世界的存在，
还有它所涵盖的一切，
一切都折放起来，
最后，每样东西都有了复制品。

不：疲倦什么？
那是具体生活的
抽象感觉——
好像因为哭
而尖叫，
因为受苦

而痛，

或为了完全的受苦，

或为了受苦好像……

是的，受苦好像……

停，好像……

好像什么？

要是我知道，心里就不会有这虚假的疲倦。

（哦，街头的瞎子歌手，

多好的手风琴！

一个奏基特拉[1]，另一个人弹吉他，一个女人唱歌！）

因为我听，我看。

我忏悔：那就是疲倦！……

1 基特拉（gitarra），传统的葡萄牙吉他，常用于法多（Fado）音乐。

哦，洗衣妇的烙铁划过

哦，洗衣妇的烙铁划过，
我的童年从那扇小窗边跃出！
衣服在盆里冲洗的声音！
所有这一切，在某种意义上，
都是我的一部分。
（哦去世的女仆，你白发的照料去了哪里？）
我的童年，和我的脸一般大，踮着脚尖够到桌面……
我胖乎乎的手放在桌布繁复的刺绣上。
我踮着脚尖，看着餐盘。
（今天的我如果踮脚尖，却只能抽象地踮。）
而我的桌子，没有桌布，也没人给它铺上一块……
我研究过在想象的魔鬼学中
发酵的破产……

我感觉晕眩

我感觉晕眩。
晕眩是因为睡得太多或想得太多，
或两者都是。
我只知道我感觉晕眩。
我不敢肯定要不要从椅子上站起来，
怎样从椅子上站起来。
我感觉晕眩——就这样吧。

我从生活中讨出了
什么样的生活？
虚无。
全都是裂缝，
全都是近似，
全都是反常和荒诞的结果，
全都等于空无……
这就是为什么我晕眩。

现在
每天早晨我醒来
晕眩……

是的，如假包换地晕眩……
不确定自己的名字，
不确定身处何方，
不确定我是什么，
不确定一切。

但若事情如此，让它如此。
我照旧躺在椅子上。
我晕眩。
没错，我晕眩。
我照旧坐着，
晕眩。
是的，晕眩。
晕眩……
晕眩……

1935.9.12

一根直线的诗

我从来不认识哪个人会自我贬低。
我认识的所有人，在一切事情上，都是最好的。

而我，经常是寒酸的、恶心的、卑劣的，
我，经常就是一个不可抵赖的寄生虫，
不可原谅地肮脏，
我，经常懒的连澡都不洗的人，
我，经常行事荒唐可笑的人，
被当众绊倒在礼仪的地毯上的人，
怪诞、狭隘、谄媚、傲慢的人，
被人羞辱却一句话不说的人，
当众说话时显得更加可笑的人，
我，被女服务员一直当作笑料的人，
我，总感觉门童在背后挤眉弄眼的人，
我，经济拮据，借钱从来还不起的人，
我，当拳头乱飞，总会躲在打击范围之外的人——
我，为了最琐屑之事也焦虑的人，
我确信世界上没有人比我更为可悲。

没有一个我认识的人做过任何可笑之事。

没有一个我认识的人被羞辱过。
他们全都是生活的王子，全都是……

但愿我能听到不同的人类的声音，
不是坦白认罪，而是承认可耻，
不是夸耀暴力，而是承认懦夫行为！
不，他们所有人，如果对我说话，都说自己是典范。
究竟他妈的有谁对我承认他的卑劣？
哦王子们，我的兄弟们，
妈的，我受够了半神！
世界他妈的为什么有人？

我是否世上唯一错误和卑劣之人？

他们也许没有被女人爱过，
他们也许被人骗过——可笑，从来没有！
而我，那个可笑之人却没有被人骗过——
我怎样冲比我优秀的人说话而不打结巴？
我，那个可鄙之人，全然可鄙，
在这个词最低级、最可恶的意义上的可鄙之人。

在那儿，我不知道在哪儿[1]……

出发旅行前的一天，呲啦啦啦……
我不需要这样尖利的闹铃！

我想享受车站亦即我的灵魂的安宁，
在我看那决定性的火车，朝着我的方向
实施铁的来临之前，
在我感到胃部的咽喉里那实际的出发之前，
在我拖着从没学会在出发时控制感情的双脚
爬上车之前。

现在，我在今日的小站抽烟，
我感到还有点留恋过去的日子。
无用的生活，最好还是抛在身后，它不是牢房吗？
那又怎样？整个宇宙都是牢房，不管大小，牢房就是牢房。
我的烟如迫在眉睫的呕吐。火车已经从上一站出发……
再见，再见，再见，所有没来送行的人，
我那些抽象的、难以相处的家人……
再见今天！再见，今日小站！再见，生活，再见！

1 原文是法语“LÀ—BAS, JE NE SAIS OÙ”。

那件留下来，仿佛被人遗忘的、贴了标签的行李，
躺在铁轨对面的候客室的角落里，
在火车开出后被一个铁路员工发现——
“这？这不是刚走的那个家伙的行李？”

留下来，只在心里想一想离开，
留下来，做正确的事，
留下来，死也更少……

我去往未来如同参加一场很难的考试，
如果火车再也来不了，上帝会否垂怜于我？

我看到自己在迄今只是象征的车站里，
是个颇能拿得出手的人。
从我身上你能看出——他们说——国外生活的痕迹。
风度翩翩、教养不凡。
我抓起箱子，拒绝搬运工，如拒绝祸害，

提箱子的双手让箱子和我一同颤抖。

出发！
我将永不回返，
我将永不回返，因为没有回来的路。
一个人的回归之地永远不是同一个，

一个人回归的车站永远不是同一个。

人不一样、光不一样、哲学不一样。

出发！我的上帝，出发！我害怕出发！……

我们在里斯本闹市区偶遇，他走向我

我们在里斯本闹市区偶遇，他走向我，
衣服破破烂烂，满脸写着职业乞丐的字样，
让他走向我的亲近感，我对他也有，
我对他报以热情洋溢的欢迎之态
（当然，不包括我口袋里比他多的钱：
我不是傻瓜，也不是狂热的俄国小说家，
只是一个浪漫主义者，而且还很温和……）。

我同情像他那样的人，
特别是当他们不值得同情的时候。
是的，我也是乞丐、无赖，
同样地，不是别人，全是因为自己的错。
做一个乞丐和无赖，不一定意味着你就是乞丐和无赖：
只说明你没有和社会阶梯挂钩，
只说明你无法适应生活的规范，
生活真正的或煽情的规范——
只说明你不是高等法院的法官，朝九晚五的雇员，或妓女，
也不是被剥削的工人，穷得叮当响，
也不是得了不治之症的病人，
也不是渴望公正，也不是骑兵军官，

也不属于，简而言之，小说家笔下的任何社会阶层，
那些小说家在纸上倾吐，他们有很好的理由流泪，
他们反对社会，因为觉得有足够理由成为反对者。

不：绝对不是有足够理由！
绝对不是关心人类！
绝对不是向人道主义投降！
感觉有什么用，如果必须有一个外部的理由？

是的，如我那般成为乞丐和无赖
不只是成为乞丐和无赖那么简单，那么平常；
而是通过灵魂孤立的方式成为无赖，
你必须乞求白天流逝，别去管你，才能成为无赖。

其他人都很愚蠢，比如陀思妥耶夫斯基或高尔基。
其他人都缺吃少穿。
即使这事发生，也发生在太多人的身上，
不值得浪费精力到那些人身上，
我是一个最纯正意义上亦即比喻意义上的乞丐和无赖，
我在心底的自怜自爱之中打滚。

可怜的阿尔瓦罗·德·冈波斯！
多么孤立的生活！多么压抑！
可怜的家伙，陷在感伤的扶手椅里！

可怜的家伙，就在今天，含着眼泪（真的），
做出一副明显的、自由主义者的、莫斯科人的姿态，
掏空口袋——虽然里面东西不多——
给了那个眼露职业感伤的、不穷的穷人。
可怜的阿尔瓦罗·德·冈波斯，没有人关心！
可怜的阿尔瓦罗，自怜的人！

是的，那个贫穷的家伙！
比很多四处要赖的无赖还要更穷，
比乞讨的乞丐还穷，
因为人类灵魂是深渊。

我应该知道的。可怜的家伙！

多么壮观啊，能在我的灵魂里集会造反！
但我不是傻瓜！
我不用找关心社会的借口。
我根本没有借口：我很清醒。

不要企图劝我回头：我是清醒的。
正如我说的：我是清醒的。
不要跟我掏心挖肺地谈美学：我是清醒的。
操！我是清醒的。

乡间度假

夜晚的寂静，在山间度假……
寂静被夜里的看门狗
此起彼伏的叫声加强，
寂静，被黑暗中什么东西
嗡嗡或沙沙的声音加重……
哦，多么压抑啊！
跟幸福一样压抑！
对别人来说，这样的生活多么美好，
在嵌了星星的天空下，
一成不变的无来处的嗡嗡声和沙沙声，
巨大的寂静不时被狗吠打断！

我来这里为了休息，
但却忘了把自己留在家里。
我随身携带意识那根本的荆棘，
模糊的恶心感，自我意识那难明的痛苦。
总是这种反复咀嚼的焦虑，
如干瘪的黑面包碎成屑掉下。
总是这种小口抿下的苦味的不安，
如醉鬼的酒，恶心也无法把他劝阻。

总是、总是、总是
这种灵魂中的循环不畅，
这种感觉的一暗，
这种……

那天，你纤细的手有点苍白，
有点像我的，无比沉静地放在腿上，
仿佛另一个女孩的剪刀和顶针。
你坐在那里，陷入沉思，视线绕过我进入空气。
（我回忆此事，为的是有所想却不用思想。）
忽然，你轻叹一声，打断了你的状态，
有意识地看着我说：
“太遗憾了，不能天天如此。”
如此，像那天一样无聊……

哦，你不知道，
幸运的是你不知道
遗憾的是，所有的日子都像那天，那天……
遗憾的是，不管幸福与否，
灵魂必须忍受或欣赏万事万物深邃的乏味，
有意或者无意，
想也罢，还没想也罢……
这才是遗憾……
我照相般的记忆呈现你无精打采的手

躺在那里，静静不动。

此刻，在我记忆里它们比你更为清晰。

你后来怎样了？

我知道，在生活宏大的别处

你结婚了。我设想你应该当了母亲。你也许幸福。

你为什么不呢？

除非因为什么不公正，

是的，不公平……

不公平？

（那是乡下晴朗的白天，我在打盹，微笑）

……………………………………………………………………

生活……

白葡萄酒或红葡萄酒，都是为了呕吐。

所有的情书都是[1]

所有的情书都是
荒谬的。
不荒谬的话就不是
情书了。

我自己也写情书，
同样，不可避免地
全都荒谬。

情书，如果有爱，
也必然是
荒谬的。

但实际上
只有那些从没写过
情书的人
才是
荒谬的。

1　冈波斯的最后一首诗，佩索阿死于此诗完成一个多月后。

我多想能回到
写情书
却不会想到
荒谬的时候。

事实上今天
我对那些情书的
记忆本身正是
荒谬所在。

（所有奢侈复杂的词，
连同道不明的感觉，
天生就是
荒谬的。）

1935.10.21

附录

回忆我的导师卡埃罗[1]

我是在很特殊的情况下遇见我的导师卡埃罗的，和人生所有场合一样，那样的情况微不足道，却产生了巨大的影响。

我在苏格兰完成了差不多四分之三的海军工程学课程之后，踏上了去东方的航程。返回的途中，因无法忍受继续海上航行，在马赛下了船，从陆路到了里斯本。有一天，我的表兄带我去立波特罗省，他在那儿因生意往来认识卡埃罗的一个表兄。就在那人的家里，我遇到了我未来的导师。这就是所有可资说明的，像小小的种子，开始世上所有的孕育。

我还能在灵魂中清晰地看到他，连记忆之泪也遮蔽不了，因为这样的看不是外在的。我现在看他就像我第一次看他那样，以后也许永远会这样看：首先是一双儿童才有的无畏的眼睛，然后是有点突出的颧骨，肤色苍白，有一种奇怪的，发自内部而不是外表神态的希腊式沉静。他有一头金黄的浓发，在暗淡灯光下看去有点发褐。个子中等偏高，肩有点内收。外表看上去很白，笑起来真诚，声音也是，他的语调似乎不求言外之意，只专注于言辞——不高昂也不柔和，清晰，自然，不犹豫，也不

1　本篇散文署名是“冈波斯”。

羞怯。蓝色的眼睛总盯着什么。如果说有什么奇怪的地方，那肯定是他的额头——不高，但白得不可思议。我重复：正是他额头的洁白，甚至比他的脸色还要白，给了他一种崇高的气质。他的手有一点细长，但不过分，手掌宽阔。最后才让人注意的是他的嘴，好像对这个人来说，言谈不如其存在那么引人注目似的；他嘴部的表情，有那么一种微笑，我们会在诗里将其归诸美丽的静物，仅只因为它们使人愉悦——比如花，起伏的原野，和阳光照耀的水面，这是一种为了存在，而不是为了交流的笑容。

我的导师，我的导师，他死时那么年轻！仅只是一片阴影的我，再次在此阴影中看到了他，在死去的自我尚保存的回忆里……

那是我们第一次谈话，不知道为什么，他说，“这儿有个叫作理查多·雷耶斯的家伙，我肯定你会很高兴和他认识。他和你很有些不同”。然后又加了一句，“万物皆与我们不同，所以它们存在”。

这句话说出来，像一则地球公理，一下子把我震坏了——就像每一次占有，刺入我灵魂的最深处。但和肉体的诱惑相反，它在我身上造成的效果，就好像我用所有的感觉，在刹那间感受到了一种我从来没有过的童贞。

卡埃罗的感受力特点是对事物进行直接理解，关于这点我曾用一种友善的乖戾，给他引用了华兹华斯认为缺乏敏感的诗行：

河畔的一朵樱草花

对他来说就是一朵黄色的樱草花，
没有更多。

我是这样翻译的（没有翻“樱草花”这个词，因为我不知道这花或植物的名字）：“河畔的一朵花／对他来说就是一朵黄色的花，／没有更多。”

我的导师卡埃罗笑了。“那个简单之人看得很准：一朵黄色的花除了一朵黄花之外没有更多含义。”

但忽然他变得若有所思。

“有一点不同，”他补充说，“这取决于你认为那朵黄花是很多黄花中的一朵，抑或只是那朵黄花自身。”

他接着说：

“你的英国诗人的意思是，对这样一个人来说，黄花是一种普通的经验，或者说是一个众所周知的物。但这是不对的。我们看到的每件事都应永远是被初次看见，因为我们对它的看也确实是初次。每朵黄花都是一朵新的黄花，虽然人们还把它当作跟昨天一样。人不同了，花也不同了。黄颜色本身也不同了。很遗憾人们没有眼光，认识不到这点，否则大家就会皆大欢喜了。”

我的导师卡埃罗不是异教徒，他是异端本身。理查多·雷耶斯是一个异教徒，安东尼奥·摩拉是一个异教徒，我也是异教徒，费尔南多·佩索阿本人如果不是像一团层层缠裹的线球的话，也是一个异教徒。不过理查多·雷耶斯是通过性格成为异教徒的，安东尼奥·摩拉通过智慧，而我是通过我的反叛，也就是通过我的性情。卡埃罗的异端是无法解释的，是一种圣体共在的表现。

我将用一种定义不可定义的事物的方式加以澄清：也就是举例。如果把我们和希腊人相比，他们最吸引人注意的一点是对无限的回避，他们对无限没有什么概念。我的导师卡埃罗也有着同样的非概念。现在我就列举一下我们之间的谈话来说明这一点，我敢保证我复述的准确性。

在阐述他的诗集《羊的守护者》里的一首诗的时候，他告诉我有些人称他为“物质主义诗人”。虽然我对这个标签不以为然——因为没有什么正确的标签来概括我的导师卡埃罗，但我却对他说这个标签也并非完全荒诞。我为此解释了一下古典物质主义。卡埃罗用一种痛苦的表情听我说完，才出口反驳：

“但是这很愚蠢。这就好像教士没有宗教，也因此没有任何借口为之辩护。”

我一愣，随即指出了物质主义和他的观点之间的一些相似处，虽然并没说他的诗。卡埃罗反对道：

“但你称作诗的东西其实是一切。它不是诗，而是一种看。那些物质主义者是瞎子。你说他们认为空间是无限的。他们从哪儿看到的那个无限？”

我糊涂了，说：“难道你不把空间看作无限的？难道你能不把空间看作无限的？”

“我不把任何事物看作无限的。怎样才能把事物看作无限的呢？”

“假设存在一个空间，”我说，“在此空间之外存在更多的空间，后者之外又有更多，如此类推……没有尽头……”

“为什么？”我的导师卡埃罗问。

我脑子里一团糟。“假设有尽头！”我喊道，“尽头之后呢？”

“如果它结束了，”他答道，“那么后边什么都没有。”

这种辩论很孩子气和女性化，因此无法辩驳，把我都搞糊涂了，最后我说：“你真的如此想象吗？”

“想象什么？想象事物存在界限？这有什么奇怪！无界限的东西不存在。存在就意味着有另外的东西，就意味着每样事物都有界限。想象一物为一物，而非其外物，这很困难吗？”

讨论至此我感觉不是在和一个人而是和一个宇宙在争辩。我做了最后一次努力，用一个有点牵强的论点来说服自己我是对的。

“好吧，卡埃罗，比如数字……数字在哪里结束？任何一个数字——比如34。34之后是35、36、37、38，等等，一直数，永远数，没有尽头。不管多大的数字，总有一个更大的……”

“但那不过是数字。”我的导师反对说。然后又加了一句，眼睛里满是无限的童真，看着我问：“以现实而言，34又是什么？”

有些句子，因为从深处来，能定义一个人，或者，一个人通过它们定义了没有定义的他自己。我忘不了雷耶斯为我定义了他自己的那次。他在讲关于谎言的话题，他说："我鄙视谎言，因为它不准确。"理查多·雷耶斯的全部——过去、现在、将来——都包含在此了。

我的导师卡埃罗，虽然除了他自己没说别的，却可以被他的任何句子定义，不管这些句子是写出来的，还是说出来的——特别是在《羊的守护者》写了一半之后的那段时期。在这许多句子中，手写的也好，印出来的也好，抑或是他说给我听的也好，我能汇报或不汇报的、有着最大程度简单性的一句话，是有一次他在里斯本对我说的。他当时谈的是我不知道的，关于如何从每件事与其自身关系的角度来看它的问题。我突然问我的导师："你对你自己满意吗?"他答道："不，我满意。"这就像地球的声音，什么都是，什么又都不是。

有一天卡埃罗给我讲了一件让人无比惊异的事。我们在谈话，或者说，我在滔滔不绝地说话，关于灵魂的不朽。我觉得这个概念即便是错误的，对我们而言也是必需的，因为只有这样我们才能在理智上忍受存在，才能把它看作某种或多或少的意识，而不是一堆石头。

"我不知道对事物而言必需意味什么。"卡埃罗说。

我没有直接回答："告诉我，你对你自己意味着什么?"

"我对我自己意味着什么?"卡埃罗复述了一下，然后说，"我是我众多感觉中的一个。"

我从来没有忘记那句话在我灵魂里制造的震惊。它对我有很多的影响，有些和卡埃罗的本意是相反的，但全都是自然勃发的——像一束阳光无意于射出光线一样。

和我的导师卡埃罗最有意思的一次谈话是在里斯本，我们小圈子里的人都在场，最后话题归结到现实的概念。

如果我记忆无误，我们谈到这个话题的起因是费尔南多·佩索阿所说的一句话，是关于此前我们谈到的某个话题。佩索阿的原话是这样的："存在的概念不允许部分或者程度，事物或者是，或者不是。"

"也许没那么简单，"我反对说，"这个存在的概念需要分析一下。它听起来就像一个形而上学的迷信，至少从相当的程度来说是这样的。"

"但是存在的概念不对分析敞开，"费尔南多·佩索阿说，"原因恰恰是它的不可分割性。"

"概念也许不对分析敞开，"我说，"但它的价值可以分析。"

费尔南多说道："概念有独立于它自己的'价值'吗？一个概念——就是说一个抽象的观念——从来不多于或少于它自己，因此不能说它有价值，因为价值总是有多有少的。一个概念在其使用或应用之中也许有价值，但那个价值存在于它的使用和应用之中，而不是在概念的本身里。"

我的导师卡埃罗，一直聚精会神地听着这一边的对话，忽然插话道："没有多少就没有存在。"

"那又是为什么？"费尔南多问。

“因为现实的东西总是有多有少，除了现实的东西什么都不存在。”

“给大家举个例子吧，卡埃罗。”我说。

“雨，”卡埃罗答道，“雨是现实的，所以它可以下多，或者下少。你如果说‘雨没有多少之别’，我就可以说‘雨不存在’。当然，除非你指的是这当下一刻的雨，那么在这一刻雨确实是它之所是，如果多了少了，就不是它了。不过我指的还是别的——”

“我已经明白你的意思了，”我打断话头进来，还没来得及说出我自己都不记得的话，费尔南多·佩索阿已经转身对着卡埃罗，用他的烟斗指着说：“告诉我，你怎么看待梦，梦是不是现实的？”

“我怎么看待阴影，就怎么看待梦，”卡埃罗出人意料地答道，一如往常地思维敏捷，“一个阴影是现实的，但它比一块石头的现实要少一点。一个梦也是现实的——否则它就不是梦了——但它比一个物体的现实要少。现实就是如此。”

费尔南多·佩索阿有一个优势，他更多生活在观念里而不是他自己的体内。他已经忘了他在辩论什么，甚至忘了他刚才所听到的事情的真伪；他沉浸在这个新理论的形而上学的可能性上，根本不管它的真伪。那些美学家们就是那样。

“非常好的想法！”他说，“彻底的独创性！我从来没那样想过。”（“我从来没那样想过”？就像别人比他先想到是不可能的似的，费尔南多！）“我从来没有想过一个人会把现实看作某种允许程度不同的东西，这就相当于说存在是一个数字的观念而不是严格意义上的抽象的观念……”

“你说得我有点糊涂了，”卡埃罗犹豫着，“不过，是的，我认为你说得对。我的观点是这样的：某事物是现实的，就意味着也有其他现实的事物，因为不可能只有一个单独的现实的事物；而事物要想现实，就必须不是其他事物，所以它就不同于其他事物；既然现实性是一种类似于重量和大小的东西——否则就没有现实了——既然所有事物都是互不相同的，那么可以得出这样的结论，事物不具有相等的现实性，就如同事物有重量和大小的差异一样。永远有差异，不管这个差异多么微小。现实性就是如此。”

“越发精彩了！”费尔南多·佩索阿喊道，“很明显，你把现实性看作事物的一个属性，因为你把它比作重量和大小。不过告诉我，现实性自己是什么事物的属性，现实性的背后是什么？”

“现实的背后？”我的导师卡埃罗重复了一遍，说，“现实的背后什么都没有，就如同大小的背后什么都没有，重量的背后也什么都没有。”

“但是一件东西如果没有现实性，它就不可能存在，而一件东西没有大小和重量的话，还可以存在……”

“不对，一件本质上具有重量和大小的东西失去这些属性的话就不存在了。石头没有大小不能存在，石头没有重量不能存在。但石头不是尺寸，也不是重量。石头不可能存在而无现实性，但石头不是现实性。”

“好，好，”费尔南多不耐烦地说，在脚下虚浮之前想抓住一点不确定的念头似的，“当你说‘一块石头有现实性’的时候，你实际上把石头和现实区分开来了。”

“那自然。石头不是现实，它具有现实性。石头仅仅只是石头。”

“什么意思？”

“我不知道。就像我所说的。石头是石头，必须具有现实性才可以成为石头。石头是石头，必须具有重量才可以成为石头。一个人不是脸，但必须有一张脸才可以成为人。我不知道其中的理由，我更不知道这理由以及所有事物的理由是否存在……”

“你知道，卡埃罗，”费尔南多沉思着说，“你在构造一种和你所想所感相对立的哲学。你在创造一个个人的康德主义，把石头看作一种主体，一个自是的石头（stone-in-itself）。请让我解释……”他开始解释康德的观念，卡埃罗所说的又是怎样多多少少符合康德的观念。然后他指出其不同，或者说他认为的不同，“对康德来说，这些属性——重量，大小（不包括现实性）——是被我们的感知，或者我们观察的事实，强加给石头本身的概念。你似乎是在主张这些概念和石头都是一样的事物，这就使得你的理论很难掌握，而康德的理论——不管正确与否——是完全可以让人理解的。”

我的导师卡埃罗聚精会神地听着。他眨了一两次眼，就好像抖走睡意那样抖出思想。想了一下，他说：“我没有理论。也没有哲学。我看，但我什么都不知道。我把一块石头叫作一块石头，只为区别于一朵花，或者一棵树——或者所有，换句话说，所有不是石头的事物。但每一块石头都不同于其他的石头——不是因为它不是石头了，而是因为它重量不同大小不同形状不同颜色不同。也因为它是一件不同的物。我把一块石头叫作石头把另一块也叫作石头是因为他们共有一种我们称石头为石头的特性。但其实我们应该给每块石头以它自己的个别的名字。我们没有如此命名所有的石头，那是因为我们不可能想出那么多的名字，而不是因为那样做不对——”

“你先回答我这个问题，”费尔南多·佩索阿打断他，“你的立场才会清晰一点。对你来说，有一个可以相当于大小和重量的‘石头性’（stoniness）吗？我的意思是，当你说‘这块石头比那块石头大一些’，或者‘这块石头比那块更重’，你是在说‘这块石头比那块更石头’？换句话说，‘这块石头比那块更具有石头性’？”

“当然，”我的导师立刻答道，“我完全可以说‘这块石头比那块更石头’。如果它比那块更大一点，或者更重一点，我就可以这样说，因为一块石头需要大小和重量才成为石头的，特别是当它在石头之所以成为石头的所有属性（正如你所定义的那样）方面超过另一块石头的时候。”

“那么你如何称呼你在梦里看到的石头？”费尔南多·佩索阿笑着问。

“我称呼它为梦，”我的导师卡埃罗答道，“我称呼它为一个对石头的梦。”

“我明白了，”佩索阿点头说，“用哲学语言说，你不区分实质和属性。一块石头在你看来是一个由一些属性组成的事物——那些属性是石头之所以成为石头必须具有的，每样属性都有其数量。大小不同，软硬不同，重量不同，颜色不同，一块石头才不同于其他的石头，虽然它们都是石头，因为它们具有相同的属性，只是其数量不同。怎么说呢，这就等于拒绝了石头的现实性的存在。石头仅仅是一些现实事物的总和……”

“但是是一个真正的和！它是一个现实的重量，加上一个现实的尺寸，加上一个现实的颜色等等的和。这就是为什么石头除了有重量，大小等等，也有现实性……它没有一个作为石头的现实性；它现实是因为它是所有那些你称作属性的总和，所有那些属性都现实。既然每个属性都是现实的，那么石头也是。”

“让我们回到梦，”费尔南多说，“你把一块梦里看到的石头叫作梦，或者，至多是一个对石头的梦。那么为什么你说石头，为什么你用‘石头’这个词?”

“和你看到我的图像却叫卡埃罗一样，你那样说，但你并不意指肉体的我。”

我们大笑起来。“我明白了，我认输。”费尔南多说，和我们大家一样笑着。神是那些从不怀疑的人。维耶·德·伊斯勒-亚当这句话的真理性对我来说从来没有比那天更清晰。

那场谈话一直深印在我的灵魂里，我用近乎速记术的准确，把它重现出来，却并没有借助速记。我有一个锐利生动的记忆力，这在某种癫狂病患者中很有典型性。这场谈话导致一个很重要的结果。它本身就像所有谈话那样，并不重要，通过某种严格的逻辑，很容易证明只有那些内心平静的人才不会自我矛盾。在卡埃罗的总是很发人深省的确定和回应中，一个哲学的头脑能分辨其中相互冲突的思想体系。我虽然承认这点，但我并不相信其中有什么冲突。我的导师卡埃罗当然是对的，在那些他错误的地方也是如此。

正如我刚才所说，这场谈话造成了一个重要的结果。它给安东尼奥·摩拉提供了灵感，从而写出了他的《序章》中最让人惊异的关于现实性的观念的一个章节。安东尼奥·摩拉是当时唯一一个没有发言的人。他只是倾听所有的想法，在整个过程中把眼睛向内部聚焦。我的导师卡埃罗的观念，在对话中表现出来的不羁的本能，所造成的必要的不确切的矛盾风格，在《序章》中被他转化成一个连贯一致的逻辑系统。

我无意贬低安东尼奥·摩拉无可否认的成就，但必须强调他的哲学系统的基础，正如他自己用一种抽象的骄傲所揭示的那样，是从卡埃罗的那句简单的句子诞生的："大自然是没有整体的局部。"另外，他的系统中最重要的一个概念，作为"维度"的现实，还有从它派生出来的概念，现实的"程度"，都诞生于那场谈话。这应感谢在场的每个人，而所有归功于我的导师卡埃罗。

卡埃罗的作品分成三部分，不仅在他的书中，而且从实际的角度看也是如此：《羊的守护者》《恋爱中的牧人》，还有理查多·雷耶斯灵机一动之下想出的名字“未结集的诗”。《恋爱中的牧人》是一个无望的间奏曲，但它所收入的并不算多的诗篇可以称得上世界上最好的一些爱情诗，因为作为爱情诗，它们立足于爱，而不是立足于诗。诗人爱了是因为他爱了，而不是因为爱存在，这恰恰就是他所说的。

《羊的守护者》是卡埃罗的精神生活的马车爬上坡顶，而《未结集的诗》则是它下坡。我就是这样区分它们的。我可以想象自己写出某些《未结集的诗》里的诗，但我在最狂妄的梦里也不敢想象能够写出《羊的守护者》里的任何一首诗。

《未结集的诗》里有着疲累，所以有点用力不均。卡埃罗还是卡埃罗，但是一个患病的卡埃罗。并不总是病着，只是偶尔。他还是同一个人，只是有点远离。特别是在他的第三部作品集的中间部分。

我的导师卡埃罗是每个人的导师，如果这个人还能够有导师的话。和他认识的人，和他说过话的人，有幸亲身领略过他的精神的人，毫不例外都变成了另一个自己。卡埃罗是唯一一个罗马，人们不可能从他那里返回而不变成和去时的那个人不同的另一个人，除非他本就不是一个人——或者，像大多数人一样，他没有能力获得一种个体性，从而把自己的身体从空间中区别于别的身体，因此象征性地被其人形所玷污。

低等的人不可能有导师，因为他们不可教。所以性格强的可以被很容易地催眠，普通人就次之，蠢人、低能儿、脆弱的人、不一致的人完全不可能被催眠。强壮的意思就是有能力感受。

读者们应该已经从上文发现了，我的导师卡埃罗周围有三个主要的人物：理查多·雷耶斯，安东尼奥·摩拉和我。不夸张地说，我们三个人过去、现在都极端地不同于——至少从智力上说——那些普通的，形同动物的人。我们三个人的灵魂中最好的东西则归功于和我的导师卡埃罗的接触。在通过了他上帝肉身干预一样的网眼过滤之后，我们都因此变成了不同的人——变成了真正的自己。

理查多·雷耶斯是一个潜在的异教徒，他无法理解现代生活，无法理解他本应诞生其中的古代生活——无法理解现代生活是因为他的智力属于完全不同的物种，无法理解古代的生活是因为他无法感觉它，因为你无法感觉那些不存在了的东西。卡埃罗是异端的重建者，从永恒的角度，他是异端的开创者，他带给理查多·雷耶斯的是后者所缺乏的可感触的实质。理查多·雷耶斯因此发现自己是一个异教徒——在他发现自己之前他就已经是的异教徒。在遇见卡埃罗之前，理查多·雷耶斯从没有写过诗，那时他已经二十五岁了。遇到卡埃罗并听到他诵读《羊的守护者》后，理查多·雷耶斯开始认识到，他本性就是一个诗人。有些生理学家说性别改变是可能的。我不知道这正确与否,因为我不知道任何事“正确”与否,但我知道当理查多·雷耶斯遇见卡埃罗的时候,他不再是女人,而是变成了男人——或者,如果你喜欢的话——他不再是男人,而是变成了女人。

安东尼奥·摩拉是一个有着哲学抱负的影子。他的时间花在研读康德上,企图找出生活是否有任何意义。像所有强力的头脑一样,他摇摆不定,还没有发现真理,或者他自认的真理,两者在我看来是一回事。直到遇见卡埃罗。我的导师卡埃罗给了他一个他自己从来不可能有的灵魂;外层摩拉是他过去曾有的全部,但现在他在里头安置了一个中心摩拉。这导致了他对卡埃罗的出于本能的思想进行了胜利大减削,形成了一个有着逻辑的真理性的哲学系统。这在他的有着奇迹般独创性和思辨性的两部论文里得到了表现:《诸神的回归》以及《序章,重构异教主义》。

至于我自己,在遇见卡埃罗之前我是一个紧张的机器,忙于无所事事。我是在雷耶斯和摩拉之后遇见我的导师卡埃罗的,他们分别在1912年和1913年遇见他,而我是在1914年。在此之前我已经写出了一些诗——三首十四行和另外两首诗(《狂欢节》和《鸦片吸食者》)。这些诗揭示了我无助地随波逐流时的精神状态。一遇到卡埃罗我就发现了我的真我。我去了伦敦,随即写出了《胜利颂》。从那之后,好也罢坏也罢,我一直是我。

费尔南多·佩索阿的情况最奇怪。严格说来,他并不存在。他比我稍早一点遇见卡埃罗,他告诉我,是在

1914年的3月8号。卡埃罗在里斯本停留一周，就在那时佩索阿碰到了他。在听到他读了《羊的守护者》之后，他回家，发着从他出生起就开始的烧，一口气写了六首《斜雨》。

除了它直线运动的节奏之外，《斜雨》一点也不像我的导师卡埃罗的诗。但如果没有遇见卡埃罗，费尔南多·佩索阿不可能从他的内心世界提炼出那些非凡的诗篇。是那次会面带给他精神震撼的直接、迅速的结果，立竿见影。因为他极度紧张的敏感，加上极度紧张的智力，费尔南多对那伟大的疫苗，一种针对聪明人之愚蠢的疫苗，立刻发生了反应。费尔南多·佩索阿的作品中，没有比这一组六首诗的《斜雨》更让人敬佩的了。也许有，也许将有更伟大的东西从他的笔下流淌出来，但不会比这更新鲜，更具独创性的了。我甚至怀疑他不可能写出更伟大的东西了。不仅如此，他将再也不能写出更真实的费尔南多·佩索阿，更私人的费尔南多·佩索阿。除了这诗意的交错纵横，还有什么能够更好地表达他永不停歇的智力化的敏感，他游离的聚精会神，他冷静的自我分析的热烈微妙？那里叙述者的脑子同时分裂成主观和客观两种状态，两者既分还联，其中现实与非现实汇聚一体，目的却在于彼此独立。费尔南多·佩索阿在这些诗里给他的灵魂拍摄了一幅真切的照片。在那个独特的时刻他成功地拥有了他以前从没有过的、以后也不会再有的属于他自己的独创性，因为他没有个性。

我从来没看到过我的导师不快乐。我不知道他去世的时候或者去世前的几天是不是不快乐。了解当时的情况还是有可能的，但结果是，我从来没敢问那些在场的人任何关于他死亡的事，包括他是怎么死的。

不管怎样，卡埃罗死时没有我在他身旁，是我生命中的悲伤之一——如此多的假悲伤中的真悲伤。这很傻，但人性就是这样，也没有什么可说。

我当时在英国；理查德·雷耶斯自己也不在里斯本，他在回巴西的路上。费尔南多·佩索阿在，但却跟不在一样。费尔南多·佩索阿感觉事物，但却不反应，甚至连内部的反应都没有。

没有什么能让我对自己那天不在里斯本释怀，除了在想到我的导师卡埃罗的那一刻我所感到的安慰。有了对卡埃罗的亲切回忆或者他的诗歌之后，没有什么悲伤得不到抚慰，即使“空虚”，那众多观念中最令人恐怖的观念，尤其是当你用感觉摸到它时；这“空虚”的观念却在他的作品里，在我对我亲爱的导师的记忆里，展现着一种亮度和高贵，就像积雪覆盖的山顶上的太阳。

永世长存，我的导师卡埃罗！

无政府主义银行家[1]

我们刚吃完晚餐。我的朋友在我对面心不在焉地抽烟，他是一个有钱的银行家、生意人、投机商。我们的谈话越来越少，最后完全没话可说。我试着用一个刚掠过脑海的念头重启话题，对着他微笑道：

“我刚才想起来，那天有人告诉我说你曾经是一个无政府主义者。”

“曾经是？不。我过去是，现在也还是一个无政府主义者。我的立场从来没有改变。”

“你，一个无政府主义者？现在我可什么都听到了！你从哪些方面讲算是无政府主义者呢？除非你重新定义了那个词……”

“那不是。我是在通常意义上使用那个词的。”

“你的意思是你是一个无政府主义者，跟那些工会成员一样？你是说你和那些工会的丢炸弹的家伙们没有区别吗？”

“我没说过那话。当然有不同。但不是你所想的不同。你也许在假设我的社会理论和他们的不一样。”

“啊，我明白了。你是一个理论上的无政府主义者，

1　本篇小说署名是佩索阿。

不是实践上的……”

“我是一个理论上的无政府主义者，也是实践上的。事实上从实践方面看，我比你提到的那些所谓的无政府主义者更无政府主义。我全部的生活就是证明。”

“什么?!”

“我全部的生活就是证明。你从来没有对此事加以清晰仔细的思考。所以你觉得我在胡说八道，或者在跟你开玩笑。”

“我只是不太明白。除非……除非你是说你的生活从某种程度上说是腐蚀性的，反社会的。”

“不对。我已经告诉过你了，我是在通常意义上用无政府主义这个词的。”

“你这样说，我还是不明白……你是告诉我，在你的真正的无政府主义理论和你的生活——你现在所过的生活之间没有区别吗？你期望我相信你的生活就跟其他那些自称为无政府主义者的人一样吗?”

“当然不是。我所说的不过是，在我的理论和我的生活方式之间没有不一致的地方，两者完全符合。你说得对，我和那些工会主义者和扔炸弹的人有着不同的生活，但不是我而是他们的生活不符合无政府主义，和他们倡导的理想背道而驰。虽然我是一个富有的银行家，一个生意人，你刚才甚至说，一个投机客，但只有在我身上无政府主义的理论和实践才携手并进。你把我比作那些成立工会、扔炸弹的傻瓜，来证明我们的不同。我确实和他们不同，但这个不同在于，他们是理论上的无政府主义者，我却是一个理论上和实践上的无政府主义者。他们是愚蠢的无政府主义者，我是一个智慧的无政府主义者。换句话说，我是一个真正的无政府主义者。他们——我指的是那些工会主义者，那些扔炸弹的人（在发现真正的无政府主义前，我也曾是他们中的一员）——他们是无政府主义这个伟大的自由思想的渣滓、懦夫。”

“不可置信！太令人惊异了！但你是怎样调和你作为银行家、商人的生活和无政府主义理论的？如你所说，你和那些普通的无政府主义者有着相同的理论，你如何使你的生活与其一致？你甚至声称你和他们之间的区别是，你比他们更无政府主义——是吗?”

“是的。”

“我看不出为什么。”

“你真的想知道?”

“当然!”

他把已经灭了的雪茄从嘴边挪开，缓慢地重新点燃。他盯着火柴，直到火苗熄灭，小心翼翼地丢进烟灰缸，然后直起头，说：

“听着。我出生于这个城市的一个工薪阶层家庭。你可以想象，我既没有好的名字可继承，也没有一个好的环境可继承。我只有一个生来就思维清晰的大脑和一个还算坚强的意志。这都是天生的才能，即使我的卑下的出身也不能剥夺的。

“跟其他劳动阶层的人一样，我只是一个勉强度日的普通的劳动者。但我聪明。只要有机会我就阅读，与人讨论，因为我不是傻瓜，我憎恨我的处境，以及造成它的社会传统。我的处境，刚才说过，原可能更差，但当时我觉得命运利用社会常规在我头上集中了世上所有的不公。我那时差不多二十岁，顶多二十一岁，就在那个时候我成了一个无政府主义者。”

他停顿了一下，转朝我的方向，微微倾身往前，继续说道：

“我一直都是思维清晰的那种人。我感到了憎恨，叛逆。我试图理解我的感觉。我变成了一个有意识的，从逻辑上深信不疑的无政府主义者——和现在的我一样。”

“你现在的理论和你那时候的一样吗？”

“绝对。真正的无政府主义理论只有一种。我的理论和我成为无政府主义者之初是一样的。正如你将要看到的……我是说，因为我本质上思维清晰的缘故，我是在有意识、合乎逻辑的情况下变成了一个无政府主义者的。什么是无政府主义者？就是那些反抗一出生即遭遇社会不公的那些人——归根结底这才是真正的原因。我们一次又一次目睹这样的不公所造成的对那些社会传统的公然反叛，正是那些社会传统使不公成为可能。到现在为止，我一直集中从心理历程上谈一个人怎样成为无政府主义者的。等一会儿我会从理论上来谈。现在暂且想象一个有智慧的人处于我的境遇时的怨恨。当他往四下里看世界，他看到了什么？一个出生于百万富翁家庭的人，一出生就免于金钱可以挡开或至少可以减轻的挫折；另一个可怜人出生在穷苦人家，有太多张嘴嗷嗷待哺。一个生来就是伯爵或者侯爵的人不管干什么都受到尊敬，然而像我这样的人则必须事事完美，否则就被看作卑贱之人。有些人，因为出身好，能够学习、旅行、上学，因此才能以某种方式超越那些天生聪明的人。生活就是这样……

"我们无法改变那些出于自然的不公。但我们可以反对那些社会及其传统的不公。我接受——无可选择地接受——那些在才能、力量或者精力上比我优秀的人，那是自然赋予他们的；但我之所以不能接受他比我优越，仅仅是因为他一离开母亲的子宫就获得的那些后天的优势，那完全是运气：比如财富、社会地位、优越的环境等等。我对此深恶痛绝，就是这个导致我的无政府主义——正如我刚才所说，我一直到今天还主张的相同的无政府主义。"

他又停顿了一会儿，好像在组织他的思想。他抽着雪茄，朝远离我的方向慢慢吐出一股烟。然后转身对着我，想要继续，但我打断了他：

"请告诉我，我好奇的是：你为什么就到了成为一个无政府主义者的程度？你本来可以拥抱一种不那么激烈的学说，比如社会主义。你的反抗本来可以通向任何一个不同的社会理论……如果我理解正确，你的无政府主义的定义（我觉得是一个很好的定义）指的是对所有社会约定俗成的东西的拒绝，以及用激烈的斗争把它们全部废除……”

“说得不错。”

“但为什么你采取这样一种极端的立场，而不是某种中间的形式？”

“我曾仔细地考虑过这件事情。通过阅读那些小册子，我对各种新式社会理论很熟悉了。我选择了无政府主义，你很正确地把它称作最激进的理论，原因很简单，我下边就解释。”

他盯着空处一会儿，才把目光移向我。

“世上唯一邪恶的东西就是那些叠加于我们的自然现实之上的各种社会传统和虚构——从宗教到家庭，从金钱到国家。我们生下来不是男人就是女人，更确切地说，我们成长为男人或女人。从自然的角度说，我们并非生下来就为人夫，就或贫或富，成为天主教徒或新教徒，葡萄牙人或英国人。所有这些界定我们是谁的东西都是社会虚构。为什么说这些虚构是坏事？因为它们是虚构，是非自然。金钱和国家一样邪恶，家庭制度和宗教一样邪恶。如果在这些之外还有别的虚构，那么它们也同样邪恶，就因为它们也是虚构，因为它们掩盖并阻挡自然现实。纯粹的无政府主义的目的是去除这些虚构，除此之外的任何理论都是虚构。用我们所有的渴望，所有的努力，所有的智力促成一个社会虚构来代替另一个，这是愚蠢的行为，更是彻头彻尾的犯罪，因为它造成了社会混乱，目的却是维持原样。如果我们认为社会虚构是不公正的，那么为什么要用别的虚构来取代它们，而不是努力把它们全部都摧毁？

“这在我看来很难反驳。不过让我们假设有人反驳。假设有人争辩说，你所说的都是对的，但无政府主义永远不可能被付诸实践。让我们考虑一下这种论点。

“为什么无政府主义体系不可能付诸实践呢？我们所有进步的人都同意现行体系是不公正的，应该被一个更为公正的体系取代。不如此看的是资产阶级，不是进步的。但是我们关于公正的观念从哪里来？它来自那些正确的和自然的东西，和社会虚构及传统的谎言相反。那些自然的东西就是完全地自然的，而不是半自然，或四分之一、八分之一地自然。你明白我说的吗？现在，以下两者必居其一：把自然的东西转化成社会实践或者是可能的，或者是不可能的。换句话说，一个自然的社会或者能够存在，或者不能，因为社会是纯粹的虚构，根本就不可能是自然的。如果社会不可能是自然的，如果（不管出于什么原因）社会必须是虚构，那么让我们尽力做到最好。让我们把虚构变得越自然越好，即越公正越好。那么什么样的虚构是最自然的？从定义上来说没有任何一种虚构本身是自然的。对我们来说，最自然的虚构就是那些看起来，感觉起来最自然的。那么什么样的虚构看起来、感觉起来最自然呢？就是我们所习惯的虚构。（自然的，你懂吧，就是所有那些本能的。那些看起来属于本能，实际上却不是本能的东西，是习惯。抽烟是自然的；它并不是本能的需求。但如果我们习惯了抽烟，它就成了自然的行为；它最后变成了一种感觉很自然的需要。）我们最习惯的社会虚构式自然是我们现存的布尔乔亚制度。

“所以，逻辑要求我们或者倡导无政府主义，如果我们相信一个自然的社会是有可能的，或者拥护布尔乔亚体制，如果它是不可能的。没有中间立场。你明白吗？”

“完全明白。你的解释无法辩驳。”

“不一定……还有一个同样重要的反对意见必须处理。也许有人主张无政府主义体系确实可行，但不可能在一夜间被引进——我们不可能从一个布尔乔亚的社会进入一个自由的社会而不经过中间的一个或几个过渡阶段或体系。这些人在承认无政府主义是好的、现实的同时，怀疑在它和我们的布尔乔亚社会之间必须经过某种过渡的形态。

“假设这是对的，那么这个过渡阶段是什么？它只可能是这样的一个阶段，就是让人类为了实现我们的目标，即一个无政府主义或者自由的社会，而做好准备。可以是物质方面的准备，或仅仅是心理上的。也就是说，或者它由一系列物质上的社会变化构成，帮助人类朝向自由社会而改变；或者由逐渐强化的宣传运动组成，即在心理上使人类渴望或至少接受自由社会。

“第一种主张——即渐进的，在物质上改变人类以接受自由社会——是不可能的。不仅不可能还很荒谬。在物质上你只能变成某种现存的东西。我们永远不可能在物质上变成二十三世纪的社会环境，哪怕我们知道它将是怎样的形态。我们不可能变成二十三世纪的社会环境的原因很简单，因为它还没有物质地存在。所以我们得出结论，从布尔乔亚到自由社会，心理上的调整、演化、过渡是唯一的方法，逐渐改变人们的头脑以适应自由社会的观念……但实际上在物质改变方面我们还没考虑另一个可能。”

“又一个可能！”

“要有耐心，我的朋友。思维清晰的人必须考虑并驳斥所有可能的反对意见，才能确认他学说的正确。另外，这不过是一个对你所提问题的回答。”

“好好好。”

“在物质改变方面，正如我所说，还有另一个可能：也就是革命的专政。”

“我刚才解释过，我们不可能在物质上变成那些在物质上还不存在的事物。但假如一场暴力动乱带来了社会革命，其目的是一种尚没有提上日程的自由社会（因为人类也还没有做好迎接它的准备），就会带来一种那些想要建立自由社会的人的专政。到那时，应该就已经有了一个具体的纲要，据此人类可以做出相应的改变。如果那些为‘无产阶级专政’辩护的人们知道怎样论辩，怎样思考的话，这就是他们保卫自己立场的最好的论据。当然，这个论点是属于我的，而不是他们的。我把这个论点作为反对意见提交给自己。我将揭示给你看它的错误所在。

“一个革命政权，只要存在，不管它的指导观念或主要目标是什么，从物质上来说只能是一件事：即一个革命政权。一个革命政权意味着战时专政，说白了，就是军人专制政权，因为战时状态被强加于通过革命夺取权利的那一部分人之外的整个社会。结果是什么呢？那些改变自己以适应这个政权的人实际上是在适应一个不管是从物质角度来看还是即时性上来看都是军人专制的政权。革命家们的指导原则，他们的主要目标，彻底泯灭于一个完全是战时环境的社会现实中。所以革命专政必然导致好战专制的社会，而且独裁时间越长就越显著。换一句话说，就是军人暴政。以前如此，以后也如此。我虽然对历史所知不多，但我知道这是如何造成的，因为那是逻辑的必然。罗马的政治动荡之后产生了什么？罗马帝国及其军事暴政。法国大革命之后呢？拿破仑和他的军事暴政。你将会看到俄国革命之后会发生什么：自由社会倒退好几十年……不过对一个神秘主义者和文盲的国度，我们又能期望什么？……

“我离题了……你在听我说吗？”

“全神贯注。”

“那么你将能理解我做出的结论。目标：一个无政府主义或自由的社会。方法：突变式的，没有变迁的，从布尔乔亚社会到达自由社会。它在如此情况下才可能：一种激烈的，横扫一切的，旨在使人们从头脑上做好准备从而打破所有阻力的宣传战。当然，我所说的‘宣传’指的不仅是书面语或者口头语。我指的是所有那些东西，可通过直接或间接的行动让人们做出准备，迎接自由社会的到来，打破对它的反抗。那样的话，几乎没有什么需要克服的阻力了，当社会革命到来的时候，事情就会很迅速，毫不费力，没有必要通过革命的专制来摧毁反对派，因为没有什么反对派了。如果不是那样，无政府主义就不可能实现；如果无政府主义实现不了，那么最公平的，唯一合理的社会，正如我刚才所说的，就是布尔乔亚社会了。

“这就是我为什么成为无政府主义者的原因，和怎样成为的过程，也是我为什么，又是如何拒绝那些不那么激进的社会学说的，并认为它们是错误，不自然的。

“现在我们可以接着说我下边的故事了。”

他擦着了一根火柴，慢慢点烟。想了一会儿，接着开始讲。

“也有一些年轻人和我有着相同的看法。他们大部分都是工人，但不全是。我们所有人，在任何情况下，都很穷，但我不记得我们有谁是笨蛋。我们的求知欲很强，急于传播我们的看法。为了我们自己，为了其他人，为了人类，我们想要一个新的社会，在那里没有那些制造人们不平等的偏见，人为地把某种非自然属性造成的低劣、贫穷，以及苦难强加于一部分人身上。通过阅读我证实了这些看法。我读了所有当时能找到的关于自由论的廉价书，那种书还真不少。我去参加当时社会理想主义者的演讲和集会。每读一本书，每听一场演讲，都让我更确信我的观念的公正性和正确性。再重复一遍，我的朋友，我那时所想的就是今天所想的。唯一的不同是，那时我仅仅想，而现在我想，并且实践。”

“好。听到现在，我明白你为什么，以及如何变成了无政府主义者，我也明白你确实是。我不需要更多证明。我想知道的是一个具有你那些观念的人是怎样成为一个银行家，而不觉得其中的矛盾的……其实，我可以猜——”

“哦，猜吧。我知道你要说什么。从我刚才的论点，你认为我发现无政府主义是一个实现不了的目标，剩下的唯一合理的可以辩护的选择就是布尔乔亚社会了。对吗？”

“对，差不多就是那样。”

“但我从讨论一开始就坚持自己是一个无政府主义者，不仅过去是，现在也是，在这样的情况下，那怎么可能？如果我成为一个银行家和商人的原因是你所想的那样，我就是一个布尔乔亚，而不是一个无政府主义者了。”

“是啊。不过——到底怎样才能……继续，你请继续。”

“我从来就是一个思维清晰的人，正如我告诉你的，我一直都是一个行动的人。这些都是与生俱来的素质。它们不是在摇篮里才给我的（如果我有摇篮的话），而是我一生下来就有的。因为这些素质，我不能忍受成为一个被动的无政府主义者，只是去听演讲，和朋友谈一谈无政府主义。不，我必须做些什么！我想代表被压迫者，社会传统的牺牲者，工作和战斗。既然我决定了我要做的，我就思考了一下怎样做才能对自由论的事业有益。我开始安排我的行动计划。

“无政府主义者想要什么？自由。他自己和其他人的自由。全人类的自由。他想免于社会虚构的影响和压力。他想和出生时一样的自由，并一直享有那个权利。他想每个人都有那样的自由。人们天生就有不同：有些人个子高，有些人矮小，有些人强壮，有些人虚弱，有些人比另一些人聪明……但除此之外我们都是平等的。社会虚构是唯一的障碍。我意识到，它们才是必须被毁灭的东西。

“它们必须被摧毁，但必须——我是这样想的——在这样一个条件下：对它们的毁灭应该是为了提倡自由，达到自由社会的最终目标。因为如果社会虚构的毁灭能导致自由，或给自由铺路，它同样可以给新的社会虚构取代自己而廓清道路——这样的虚构同样糟糕，因为都同样是虚假的。所以必须小心行事。必须制定一个行动计划，不管是暴力还是非暴力（在针对社会不公的战斗中一切都是允许的），那样的话，在毁灭社会虚构的同时，才不会对未来自由的产生起阻碍作用。最好的计划就是，如果可能的话，在当下就能导入某些属于未来的自由。

“不用多说，除了不要阻挡未来的自由，我们还必须小心不妨碍那些被社会虚构压抑的人们的自由。很明显，我们不必担心妨碍那些权势阶层的‘自由’，还有那些代表社会虚构并从中获利的人的自由。他们具有的不是真正的自由，而是压迫的自由，和自由相反，对此我们应该积极反对。我觉得这些都足够清楚……”

“完全清楚。请继续……”

“无政府主义者为谁而求自由？为全人类。如何达到全人类的自由？通过完全摧毁所有的社会虚构。如何摧毁所有的社会虚构？在回答你的问题的时候，我已经暗示过，我谈到其他一些先进的社会理论，以及我为什么是一个无政府主义者。你记得我的结论吗？”

“我记得。”

“一个快速、突然、席卷一切的社会革命，使得社会从布尔乔亚制度一步跨越到自由社会……在这场革命到来之前，必须得做强度很大的准备工作——依靠直接或间接的行动——使得人们的头脑做好准备，以迎接自由社会的到来，或把布尔乔亚的阻力削弱到一种昏睡的状态。我不想再重复从无政府主义的内部如何必然地导致这个结论的理由。我想你一开始就理解了。”

“是的。”

“这场革命理想地来说应该是世界性的，在所有地点同时发生，或至少在全世界所有重要的地点发生；如果那样不可能，这样也行，从一个地点很快传播到另一个地点，直到每一个地方每一个国家，并且是一场彻底的无条件的革命。

“我怎么做才能促成此事？我一个人永远不可能给我所居住的国家带来这样的彻底的社会革命，更不用说全世界。我所能做的就是尽我最大的能力去工作，为这样的革命做准备。我已经解释了如何通过所有可能的方法反抗社会虚构；如何保证这个反抗以及我代表自由社会所做的宣传决不妨碍未来的自由，或者现今被压迫者有限的自由，如何创造一些属于未来自由的东西，如果可能的话。”

他喷吐着烟圈，停了一会儿，接着说。

“就是在这时，我的朋友，我把我的清晰思维派上了用场。为了未来而工作是好的，我想，为了其他人的自由而工作是好的。但我自己呢？难道我不算吗？如果我是一个基督徒，我会很高兴地为了别人的未来而工作，因为我将在天堂得到我的报酬。不过如果我是一个基督徒，我就不是一个无政府主义者了，因为我们在这个地球上的短暂生活的不公平无关紧要，不过是上帝对我们的考验，我们的报酬则是永生。但我过去不是，现在也不是基督徒，所以我必须问：我究竟为了谁而牺牲我自己？我为什么要牺牲我自己？

“我充满了怀疑，你看得出为什么……我是一个物质主义者，我想。这是我的唯一的生命，我为什么要操心社会不公，改变人们的思考方式，而不是享受生活，享有更多的快乐，把那些事情放到脑后？为什么一个不过是要有自己生活的人，不相信永生，除了自然之外不承认任何法律，因其非自然而反对国家，因其非自然而反对婚姻，因其非自然而反对金钱，反对所有非自然的社会虚构——为什么这样一个人必须倡导利他主义，为了他人、人类而自我牺牲，考虑到利他主义以及自我牺牲也同样是非自然的？是的，一个人不是生而婚姻，或生来就是葡萄牙人，或生来就富裕贫穷，同样的逻辑，他不是生来就有公心，他生下来只是成为自己而已，所以完全是自私的，其反面才是公心以及利他。

“对此我曾自我辩论。一部分的我对另一部分说，你忘了吗，我们生而为人，就意味着我们有责任维护所有人的福利。但这个‘责任’的概念真的就是自然的吗？它是从哪里来的？如果它强使我牺牲我自己的幸福，我自己的舒适，我的生存本能和我其他的自然本能，那么它不就和那些社会虚构一样吗？

“这个概念，就是说我们有照顾其他人的责任，只有在通过某种方式使自己得到回报的时候才被认为是自然的，因为那样的话，该说的都说了，该做的都做了之后，事情才不会和我们的自然的自私性相违背，即使在原则上来说相违背。拒绝让我们自己享乐是非自然的，但是如果拒绝一种享乐是为了换取另一种快乐，就是另一回事了，因为这是自然所决定的，当我们不可能自然地同时拥有两者，就只有在两者之间做出选择。那么致力于自由社会和人类未来的幸福的事业，我能得到什么样的自私的，或自然的报酬呢？只有一种认识，即尽了责任，为了一个有价值的目标做了努力。然而这并不是快乐本身，如果它还是快乐的话，也只是一种产生于虚构的快乐，就像极端富有的快乐，或者出生于优越的社会背景下的快乐。

“我承认，我的朋友，我曾经有过严重怀疑的时刻。我觉得我对我的信条不忠诚，好像背叛了它似的。但我很快就度过了这个艰难的时刻。公正的概念在我心里，我想。我自然地感到了它。我感到一种责任，它超越了我对自己的命运的关心。于是我就沿着我选择的道路走下去了。”

“你的决定对我来说似乎没有出自一个清晰的思维。你没有解决一个逻辑上的问题。你的行动出于一种感情用事式的冲动。”

“不错。但我是在讲述我个人的故事，我是如何变成无政府主义者的，并且一直到今天。为此我摆出了我曾感到的那些问题和犹豫不决，并解释了我是怎样克服它们的。故事发展到这儿，你是对的，我用感性而不是理性解决了那个逻辑问题。不过你将看到，这个逻辑上没有得到解决的问题在我获得对无政府主义主张完全的理解后得到全面彻底的澄清。”

“有意思……”

“确实如此……现在让我继续讲我的故事。正如我刚才解释的，我尽了我最大的可能去解决这个问题。但是另一个更为困扰的问题出现在我的脑海。

“好，我想，我愿意牺牲自己而没有任何个人报酬，用另外的话说，没有真正自然的报酬。但假设，如果将来的社会没有发展成我希望的样子，假设一个自由的社会从来没有实现，那么我牺牲自己究竟是为了什么？为了一个观念牺牲自己而不追求任何个人报酬是一回事，牺牲自己而没有半点你为之工作的观念会在将来实现的保证，是另外一回事……我坦白告诉你，我解决这个问题和解决另一个问题一样，通过的是感性的方法，但我必须说，这个问题和那个问题一样，也在我对无政府主义到了一个全面理解的阶段后，自动地、合乎逻辑地解决了。你将会看到……在我遇到这第二个问题的时候，我用一两句空洞的话语回避了它：‘我对未来尽自己的责任；未来本身将决定是否对我尽它的责任’，诸如此类。

“我把这个结论，或者这些结论，解释给我的同事听，他们都同意我的说法。他们都同意为了实现一个自由的社会，我们需要尽我们所能去工作。事实上，其中几位头脑比较聪明的对我的解释有点吃惊，不是因为他们不同意，而是因为他们从来没有听过对那些事情如此清楚的论述，也没认识到它们有多复杂。但最后每个人都同意了。我们都将为了一个伟大的社会革命，为了一个自由的社会而工作，不管将来我们的努力是否得到承认。我们形成了一个群体，大家的想法类似，我们开始了一场激烈的运动，在我们的能力范围内，尽最大的可能传播我们的观念。在种种困难、困扰，甚至迫害下，我们继续为了无政府主义的理想而工作。”

银行家停了好一会儿，却没有再点燃他又熄灭的雪茄。忽然，他露出了一丝笑容，专注地看着我，好像来到了一个转折点。他用一种更清晰,更强调的声音继续说。

“那时，”他说，“一件新事情发生了。我说‘那时’，也就是在我们为了我们的事业做宣传的几个月后，我注意到一种新的复杂性，比其他的更为严重。

“你还记得我以清晰而合乎逻辑的方式所得出的关于无政府主义者的最佳行动路线的结论吗？……它们应该有助于摧毁社会虚构，同时不妨碍未来自由的诞生，或限制当下受社会虚构压迫者的有限的自由；如果可能，它们也导致某些属于未来的自由……

“确定了这些原则后，我就再也没有迷失过。努力了几个月后，我发现了一些迹象。我们的无政府主义群体，不大——我想大约有四十人左右吧——开始产生专制。”

“产生了专制？怎么回事？”

“很简单……有些人开始主导，强迫别的人服从。有人把自己的意愿凌驾于别人之上，使他们按其意志行事。有人用诡计和欺骗把其他人拉下水，走他们不愿意的道路。我并不是说这些事的发生都是关于很重大的事情的，不是。但事实上，它们每天都在发生，不仅发生在我们无政府主义的宣传活动中，也发生在我们每天的日常生活中。不知不觉地，有些人强制性地成了领导，有些人因为精明成了领导。即使在最细枝末节的事情上都能明显地看到。比如，两个人一起沿着街道走。在街道尽头，一个人要往右，另一个要往左；每个人都有一个采用他选择的方向的很好的理由。想往左转的人对另一个人说，‘跟我来’，另一个人却如实回答，‘不行啊，伙计，我得往那边走’，也有他为何如此这般的理由。但是最后，他却跟随了那个向左的人，违背了自己的意愿和兴趣。有时候是强拉，有时候是通过坚持，或者别的原因。但从来不是因为一个逻辑的理由。这种主客之势的形成总有一种无意识的味道，就好像是本能。这个例子，还有所有的事情，从最微不足道，到至关重要的情况下，总是如此。你明白我的意思吗？”

“明白，不过这有什么奇怪的？这是世上最自然不过的事。”

“也许吧。我一会儿再说它。现在我只是想指出这完全违背无政府主义的主张。第一，这是在一个小圈子，没有真正的影响力，也不重要，一个不能解决任何重大事宜，不能做出任何重要决定的小圈子。第二，这是一群为了促进无政府主义事业的人所组成的群体——他们都是为了尽自己最大可能去反对社会虚构，创造未来的自由。你明白这两点吗？”

“是的。”

“现在考虑一下这是什么意思……一群真诚的人（我敢向你保证我们都是真诚的）组合起来，明确地要为了自由事业而工作，几个月后，却实现了唯一一个不容置疑的具体的结果：在其中产生了专制。让我们考虑一下这是怎样的专制……它不是那种令人遗憾的，从社会虚构里衍生出来的专制，所以在某种程度上可以为之辩解——更不是那些为了反对那些社会虚构而战斗的人的专制，虽然不能指责我们没有完全脱离它们的影响，因为我们生活其中的社会就是建立在其基础上的。但不是这样的专制。那些接管权力并且强迫别人跟随的人并不是基于他们的财富，社会阶层，或者其他一些虚构的，不公正的权威。他们的行动建立在某种不同于社会虚构的东西。所以他们的专制是一种和社会虚构没有关系的新的专制。不仅如此，这是一种被这样一群人所施加的专制：他们真诚的目标不外是推翻专制，创造自由。

“把这种情况推而广之，到一个更大，更有权利，处理重要事情并做重要决定的群体。想象一下那个群体聚集力量，就像我们那个群体一样，为创建一个自由社会而努力。告诉我，通过其中交叉混淆的专制，你是否能看到一点可能性：在将来产生一个配得上自由之名的接近于自由的社会或人性呢。”

“很有趣的观点……”

“不是吗？还有一些现象更有意思。比如帮助的专制……”

“什么？”

“帮助的专制。在我们那群人之间，有的人不去控制别人，或把自己的意志强加于人，相反，他们尽一切可能去帮助别人。看起来和专制相反，是吧？不是的。这是同一个新专制的另一个版本。完全违背无政府主义的原则。”

“不对吧——太荒唐了！”

“听着。当我们帮助别人，我们把他看作一个似乎能力不足的人；如果他并非能力不足，那么或者是我们的帮助使他变成那样，这就是专制；又或者我们认为他本就如此，这就是藐视。在前一个情况，我们限制了他的自由，在后一种情况，我们认为他是可鄙的，拙劣的，或者没有获取自由的能力，至少从无意识上那样认为的。

“回到我们那个群体，你可以看到我们到了一个多么关键的时刻。为了理想的未来社会努力，而不求回报，甚至不知道它是否能够实现，这是一回事。但为了未来的自由努力，除了产生专制却没有别的结果，并且不是一般的专制而是一种全新的专制：一种被压迫者相互施加于其自身的专制，这就是另一回事了。这太过分了，无法忍受。

“我开始想。肯定是哪里出错了，哪里疏忽了。我们的目标是好的，我们的理想很真诚，难道问题出在我们的方法上吗？肯定是，但究竟哪里出错了？我使劲儿地想，想到脑袋都晕了。有一天突然我开窍了，找到了根源，就像所有类似的事情一样。那是一个我的无政府主义生涯中值得庆贺的日子，那天我发现了我的无政府主义方式，如果我可以那样称呼它的话。”

他视而不见地盯了我一秒，然后用相同的声调继续说。

“我想：我们这个专制不是从社会虚构衍生来的。那么它是从哪儿来的？也许从自然属性而来？如果是，那么我们可以和自由社会说再见了！如果一个社会完全建立在自然的人类素质之上，亦即我们出生时继承的天生的不可控的东西——如果一个只建立在这些属性之上的社会却成了一个各种专制的混合，那么谁会创建这样的社会呢，哪怕只需抬抬手指就可以？在两个专制之间，最好坚持那个我们熟知的，至少我们已经习惯，不必在一个新的专制下反而感觉更强烈，特别是那出于自然的专制，任何对它的反抗都是徒劳的，就像反抗死亡，反抗生下来就是矮个子而不是高个子。正如我已经证明的，如果因为某种原因无政府主义社会不能实现，那么我们可能拥有——必须拥有——的下一个最自然的社会就是布尔乔亚社会了。

“但这种专制真的是从自然的属性发展而来的吗？什么样的属性是自然的？每个人生下来都有智力，想象力，意志力的程度之别——当然了，所有这些都属于精神领域，因为我们这里考虑的不是自然的身体条件。如果一个人支使另一个人，并且没有社会虚构在其中发挥作用，那么肯定是因为他在某个自然品性上优越。他通过运用自己的自然品性来支配对方。但我们还必须考虑这种对自然品性的运用的合法性。换句话说，它真的是自然的吗？

“对我们自然品性的自然运用是怎么回事？也就是服务于我们品性中的自然目的。控制别人是我们的自然品性吗？在对待某些被认为是敌人的特定情况下是的。对无政府主义者来说，任何社会虚构的代表或它的专制都明显是敌人；所有其他人，因为他们是像他一样的人，都是自然的同道。正如我们所见，那种专制是施加于我们自然的同志身上的，他们跟我们是一样的人——他们是我们的双倍的同志，因为他们有着相同的理想。所以我们的专制，虽然不是从社会虚构发展而来的，同样也不是从自然品性发展来的。它是从一个对自然品性的错误应用和歪曲发展来的。那么这种歪曲的根源是什么呢？

“这不外乎以下两种情况。或者人性本恶，所有自然的本性都天然地邪恶，或者邪恶是人长时间处于一种社会虚构的影响的氛围下的后果，这种影响造成了专制，导致人们对其自然属性的自然运用与专制无法分辨。哪一个假设是对的呢？对此，不可能做出一个令人满意——亦即绝对符合逻辑，绝对科学——的回答。逻辑推断在此不适合，因为到底这个问题是历史的还是科学的，得取决于对事实的了解。科学无法帮助我们，不管我们在历史中回溯多远，我们总发现人生活在某种社会专制之中，也因此我们无法知道人类生活在一个完全自然的环境下会是怎样的。既然我们无法决定哪一种假设是对的，我们必须选择那个更有可能的，即第二个假设。认为天性就是自然而然的扭曲的看法，从某种方式来说是自我矛盾的，这样的看法更自然一些，即人类由于长时间处于造成专制的社会虚构中而导致天性被扭曲，所以一出生就具有了专制的倾向，即使我们没有去专制的意愿。思考者将做出和我同样的选择，我以接近绝对的确定性选择第二个假设。

“有一件事是确定的。在我们现在的社会条件下，没有一个集团,不管其意图是如何的良好,其反抗社会虚构、为自由而战的决心是如何的坚决，能聚集在一起工作而不在其中间产生一种专制，而不给社会虚构增添一种新的专制，而不在实践上摧毁他们在理论上的诉求，而不在无意识中对他们为之奋斗的目标的实现起致命的阻碍作用。那么，我们该怎么办？很简单……我们为一个共同的目标努力，但以独立的方式。

“单独的方式?!”

“是的。难道你没明白我的理论?”

“我明白。”

“难道你不觉得这是一个合乎逻辑的，不可避免的结论?”

“是的，我觉得你是对的……我不理解的是如何……”

“请允许我澄清一下……我说：我们为一个共同的目标努力，但以单独的方式。如果我们为了同一个无政府主义的目标努力，那么我们每个人都在以他自己的努力来给摧毁社会虚构和创建将来的自由社会的事业做出贡献。每个人单独工作，我们永远不会通过支配别人，或通过帮助别人从而遏止别人自由的方式，来限制别人的自由，由于我们之间并不互相影响，所以我们就不可能产生一种新的专制。

“为了同样的无政府主义的目标而独立工作，如此我们就有了联合起来的好处，而没有产生一种新专制的弊病。道义上我们是联合的，因为我们分享一个共同的目标，我们还是无政府主义者，因为我们每个人都在为自由社会而努力。但我们不再是我们自己事业的情愿或不情愿的叛徒，因为通过我们每个人单独为无政府主义工作，我们就不受社会虚构以如下的方式对我们施加的有害影响：也就是通过其遗传性的作用来毒害大自然赋予我们的天性。

“这种策略当然只适用于我称作准备阶段的社会革命。当布尔乔亚的反对被瓦解，全社会都来到接受无政府主义学说的转折点，而社会革命尚未到来，要实施那最后一击的时候，我们才不再单独行动。但那时自由社会应该几乎已经到来了；事情应该已经大不相同了。单独行动的策略是为了在一个布尔乔亚的语境下推进无政府主义，比如现在，比如我和我的同志们结社的时候。

“终于找到一个真正的无政府主义方法！我们在一起几乎什么都没做成，非但没做成什么，还彼此压制，妨害我们的自由和我们的理论。单独干我们也做不了多少，但至少我们不会妨害自由，不会产生新的专制；我们做成的哪怕再少，也是真正的成就，而没有附带的失败和损害。单独工作，我们学会了更多的自立，而不是彼此依赖，更自由了，因此让自己——也通过榜样作用让别人——更好地为将来做好准备。

“这个发现让我极度兴奋。我立刻去和我的同志们分享我的想法……那是我有生以来少有的一次犯了愚蠢的错误。我对我的发现如此兴奋，我期待他们会张开双臂欢迎它！

“他们当然没有欢迎……”

“他们吹毛求疵，模棱两可，每个人都是如此！有些人比另外一些人反对得厉害一些，但他们所有人都表示反对……‘那不可能，没道理！’……但没有人能说出什么是对的，什么有道理。我说破了嘴，但所得到的只是套话、胡话，那种议员在议会无话可说时才会说的……那时我才认识到我在和什么样的蠢人懦夫打交道！他们的本性暴露了。他们整个就是一群生来就是奴隶的人。他们想要自由，只要有人去为他们搞到，只要是像国王封赏爵位那样赏给他们的就行！几乎所有他们那些人都是发自心底的谄媚者。”

“你很生气?”

“生气?我暴怒了!我和他们爆发了激烈的争吵,几乎和其中几个动手。最后我夺门而去。我一个人待着。你不能想象我对那群毫无决断的人有多厌恶!我几乎不再相信无政府主义。我几乎决定忘掉这一切。但几天之后我的理智起了作用。我认识到无政府主义比那些争吵重要。即使他们不想成为无政府主义者,我还可以。如果他们只是玩一玩自由论,我没兴趣和他们一伙儿。如果他们觉得唯一的战斗方式是胡混在一起,从而产生一种他们说要摧毁的新专制,那么他们自己兴高采烈地去做吧,一帮蠢货。但这并不构成我去做一个布尔乔亚的理由。

“对我来说很清楚,真正的无政府主义下每个人必须唤起他自己的力量去实现自由,去和社会虚构斗争。因为我要靠我自己的力量如此去做。没有人想跟我走在真正的无政府主义的道路上?那么我自己一个人去。我要一个人去和社会虚构作战,只依靠我自己的信念和资源,甚至没有那些曾是我的同志的人们在道德上的支持。我不认为这是一个高尚的或英雄的姿态。这只是一种自然的姿态。如果这条道路只能被每个人单独跋涉,那么我不需要别人跟我一起走。我有理想就足够了。正是在这样的情况和原则下我决定一个人单独和社会虚构进行战斗。”

他中断了自己的热切的溪流一样的演讲。当他过了一会儿重新开始说话时，声音平和了一点。

“这是战争，我想，是我和社会虚构间的战争。那么我怎么做才能打败它们？我要单独工作，那样就不会产生任何专制，但我怎样才能独自一个人为社会革命铺设道路，为人类做好迎接自由社会的准备？我将不得不二者选一，除非，当然了，我可以两者都选。那两种办法是：非直接行动，也就是相当于宣传，另一种就是某种直接行动。

“我首先考虑了非直接行动，或宣传。什么样的宣传是我一个人能做的？除了我们和这个人或那个人谈话时的宣传，利用偶然来到的机会，非直接行动是一条我可以积极实施无政府主义并提供看得见的结果的道路吗？我立刻看到这是不可能的。我不是一个演讲家也不是作家。我的意思是，我可以在公众场合讲话，我也有能力写报纸文章，但我必须判断，我的天赋是否适于从事这些非直接行动而不是别的行动，从而为无政府主义事业赢得更好的结果。因为直接行动通常比非直接行动更有效，唯一的例外就是那些生来就是宣传家的人——伟大的演说家，能够鼓动群众，使他们跟从自己，或者伟大的作家，能够通过他的书吸引并说服人。我不认为我很自负，不过假如我真的自负，至少我从来没吹嘘我具有我并不具有的才能。正如我讲过的，我从来没有认为我是一个演说家或作家。所以我放弃了这样的想法，即把非直接行动作为我无政府主义活动的一条可行的道路。

这样给我剩下的就只有直接行动了，我的努力必须落实到实践和现实生活上去。行动之路而不是智慧之路。既然必须如此。没问题。

"我需要把我学过的无政府主义行动的基本方法应用到实际生活中：反抗社会虚构而不产生新的专制，如果可能的话，开创属于未来的自由。但是从实践上说他妈的如何才能做到呢？

"从实践的角度，斗争指的是什么？从实践的角度，斗争意思就是战争，或至少是一场战争。如何才能对社会虚构发动战争？让我们考虑一下任何战争是怎样发动的。在一场战争里敌人是如何被征服的？有两种方式。敌人或者被杀死——也就是说被毁灭——或者被囚禁，被压制，削弱到休眠状态。我没有能力摧毁社会虚构，那只能由社会革命来完成。在革命发生之前，社会虚构至多能被动摇到命悬一线，但是只有布尔乔亚社会的垮台或者一个自由社会的到来才能在事实上摧毁它们。从实际摧毁的角度我所能做到的最多是杀死一个或几个布尔乔亚社会的代表成员。我考虑过这个，但觉得这很愚蠢。假设我杀死了一两个或者一些社会虚构的专制代表成员。这有助于对社会虚构的破坏吗？一点没有。社会虚构不像政治环境，取决于少数的一群人，有时候一个人。社会虚构的坏在于它自身，而不是它的代表成员，他们坏仅仅是因为他们所代表的社会虚构坏。

"另外，对社会秩序的攻击总会激起反应，这样一来事情不但没有改善，反而实际上恶化了。假设，这很可能，我在发动这样的攻击以后被逮捕了——逮捕并以某种方式清除了。假设我拉了一打资本家垫背的。最后结果又能如何？我会被清除——即使不是死，也会被监禁或放逐——无政府主义的事业也因此少了一个战斗的组成部分，而那被我抹平的十二个资本家也不意味着布尔乔亚社会失去了十二个组成部分，布尔乔亚社会不是由战斗分子，而是由纯粹被动的人组成的；'战斗'不是针对布尔乔亚社会成员的，而是这个社会建立其上的社会虚构的主体。社会虚构不是我们可以对其开火的人……你明白我的意思了吗？这不是一个军队里的士兵杀死另一支军队里的十二个士兵；而是像一个士兵杀死了被敌军保护的国家的十二个平民。这是愚蠢的杀伤，因为没有一个战斗成员被消灭……

"摧毁社会虚构的想法也毫无用处，不管是摧毁它的整体还是某一部分。替代的方法是，我必须得这样征服它们，即压制并使它们虚弱到不能活动的程度。而最显著的社会虚构，至少在我们的时代，是金钱。我怎样削弱金钱，或者更准确地说，金钱的力量，它的专制呢？通过不受其影响，因此高于它，使它不起作用，至少对我而言。是对我而言，请理解，因为我才是那个和它战斗的人。要使它在人类的层面不起作用则意味着，不仅削弱它，而且摧毁它，因为得消灭金钱的虚构才行。但我已经向你证明任何社会虚构都只能被社会革命所消灭，只有后者才能把它们连同布尔乔亚社会一起推翻。

“我怎样才能不受金钱的力量的影响呢？最简单的办法就是从它的影响范围撤离，也就是，从文明撤离；去蛮荒之地，吃树根，喝溪水；赤裸身体，像动物那样生活。但这个办法，即使没有实施的困难，并非一个反抗社会虚构的办法，因为其中并无战斗，只是逃跑。那些逃离战场的人不是在身体上被击败了，而是精神上被击败，因为他们根本就没有战斗。不，我必须采取另外的方式——一种战斗的而不是逃跑的方式。我如何通过战斗的方式削弱金钱？我如何不逃离它而同时能使自己免于它的影响和专制？唯一可能的方式就是获得它，获得足够的它，从而不再感觉它的影响；我挣的钱越多，我就越不受它的影响。正是我在用无政府主义信念的全部力量和明晰的头脑的全部逻辑，清楚地认识到这点的时候，我才进入了我的无政府主义的当下阶段——也就是金融和商业阶段。”

他从他恢复热烈的辩论中歇了一会儿。然后他继续用一种稍稍热烈的语气说：

“记得我一开始作为一个有意识的无政府主义者时遇到的那两个逻辑问题吗？……记得我怎样通过感性而不是逻辑来人为地解决它们的吗？实际上正如你所正确指出过的那样，我没有逻辑地处理那些问题。”

“是的，我记得。”

“你记得我是怎样告诉你的，我肯定会在稍后用逻辑解决它们，在我完全把握真正的无政府主义方法之后?”

“是的。”

“好，你马上就知道我是什么意思了……问题是，首先，如果没有一种自然或自利的报酬而为了某些事或理由而工作，这是非自然的，不管它是什么；第二点，为了一些不知道能不能实现的目标而投入努力是非自然的。这就是那两个问题；现在你观察我的理智所找到的无政府主义行动的唯一正确的方法是如何解决它们的……这个办法使我变得富有，所以它给出了一个自利的报酬。因为我把自己从金钱解脱出来，高于它的力量，从而实现了这个方法的目标，也就是自由。是的，我只是让我自己实现了自由，但正如我已经证明的，所有人的自由只能在所有的社会虚构被社会革命消灭之后才能实现，而后者是我单独一个人无法实现的。重要的一点是：我努力求自由，我实现了自由。我获得了我有能力实现的一种自由，很明显我无法获得我没有能力获得的一种自由……注意，如果理性表明这是唯一正确的无政府主义方法，那么它能自动解决任何无政府主义都无法解决的逻辑矛盾的这个事实本身，就是对它的真理性的进一步证明。

“这就是我采取的办法。我从削弱金钱的虚构方面着手致富，我成功了。这需要时间，因为这场战斗并不容易，但是我做到了。我不想涉及我的金融和商业生活的细节，也许有些你会觉得有趣，但这无关紧要。我工作，斗争，挣钱；我更努力地工作，更努力地斗争，挣更多的钱。最后我发了财。我没有考虑我使用的手段；我坦白，我的朋友，我并不考虑我的手段。我是用一切可能的手段：牟取暴利，诈骗，甚至非正当竞争。为什么不？我是在和这样的社会虚构作对，它是如此不可原谅地非道德，非自然，为什么我要担心我用的手段？我是在争取自由，为什么担心我用以反抗专制的武器？丢炸弹、开枪的愚蠢的无政府主义者，完全了解他在杀人，他的主义不包括死刑。他通过犯罪来攻击非道德，因为他觉得对非道德的毁灭使得犯罪有了正当理由。他的这种方法是愚蠢的，作为一种无政府主义的方法来说具有相反的效果，是错误的，正如我所揭示的，不过从他的方法的道德性上来说他是聪明的。相反，我的办法是正确的，我作为无政府主义者，以合法的手段，一切可能的办法发财致富。我达到了我的有限的梦想，成了一个实践上的，头脑清晰的无政府主义者。我是自由的。我做我想做的事——当然，在我想做的事有可能实现的时候。我的无政府主义者的口号是自由，今天我有了自由——在我们这个不完美的社会里可能有的最大程度的自由。我初始的目标是和社会力量作战；我战斗了，我也打败了它们。”

“停！”我说。“这都很好，除了一件事。正如你所证明的，你的方法有一个必要条件，就是创造自由，而不是创造专制。但是你却导致了专制。作为一个牟取暴利者，一个银行家，肆无忌惮的金融家——请原谅，但你自己也是这样说的——你已经导致了专制。你导致了和那些你口口声声反对的社会虚构的代表们一样多的专制。”

“不，我的朋友，你错了。我没有导致专制。从我对社会虚构的反抗中所导致的不管什么专制都不是出自我，所以不是我导致的。专制寓居于社会虚构中；我并没有添加新的。它属于社会虚构本身，我无法毁灭，也不企图毁灭。我再重复第一百遍：只有社会革命才能毁灭社会虚构；在此之前，所有真正的无政府主义行动——比如我自己的——都只能削弱社会虚构，并且也只和把这个办法投入实践的无政府主义者有关，因为这个办法无法在普遍的意义上压制那些虚构。问题不是专制的产生，而是新专制的产生——以前从来没有过的专制。无政府主义者一起工作，互相施加影响，从而在他们之间产生了一种新的专制，超越了社会虚构的专制，正如我刚才解释过的一样。那种专制确实是一种新型的专制。我，通过我那个方法，没有而且也不会造成那样的专制。不，我的朋友；我只造成了自由。我解放了一个人。我解放了我自己。我的方法，我已证明是唯一正确的无政府主义方法，没有给我解放别人的能力。我力所能及地解放了我本人。”

“行……我同意……但是用你的推理，人们几乎可以这样结论了，就是没有一个社会虚构的代表在实施专制。”

“确实如此。专制属于社会虚构，而不是体现它们的人们。这样的人们是那些虚构施加专制的工具，正如杀人犯杀人所用的刀。你肯定不会想象通过取消了刀就可以消除罪犯……设想你消灭了世界上所有的资本家，却没有消灭资本……第二天资本就会掌握在另外一些人的手中，并通过他们继续它的专制。但如果你消灭资本，而非资本家，剩下的能有多少资本家呢？……你明白了？……”

“是的，你是对的。”

“我最容易被你诟病的一点是，我的所作所为导致社会虚构的专制增加了一点——就那么一点点。但这种指责的基础很脆弱，因为我不能导致新型的专制，实际上我也没有导致，这我已经解释过了。不仅如此：用同样的道理你可以指责一个将军，为他的国家，在战争中为了击败敌人而不得不牺牲这个国家的一些人。不管是什么样的战争，有的你赢了，有的你输了。最终要看的是它的主要目标；其余的……”

“说得不错……但还有……真正的无政府主义者想给自己求得自由，但也为了别人。他想要的自由，我是这么看的，是给全人类的……”

“当然。但我已经解释过了，根据我发现的唯一可行的无政府主义者的方法，每个人必须解放自己。通过获得我自己的自由，我为了自己、为了自由履行了责任。如果我的同志们没有那么做，那不是因为我不让他们。我不让他们那么做，那确实是犯罪，但我从来没有向他们隐瞒真正的无政府主义者的方法；我刚一发现就全都告诉他们了。这种方法的本质不让我做得更多。我还能做什么？强迫他们走这条路？即使可能，我也不会去做，因为那样会剥夺他们的自由，从而违反我的无政府主义原则。帮助他们？也不行，原因相同。我从来没帮过别人，因为那样会侵犯他们的自由，也同样违背我的原则。你指责我的是，我没有做超出个人能力之外的事。为什么批评我，就因为我履行了自己的责任，也就是最大限度地解放了我所能解放的人吗？为什么不批评那些没有履行自己责任的人呢？”

“你说的对。但是如果那些无政府主义者没有如你那样做，那是因为他们没有你聪明，或者没有你的意志坚强，或者——”

“呵，我的朋友，但你说的都是出于天赋的不均，而不是社会的，无政府主义也无能为力。一个人的智力程度和意志力是他和大自然之间的事；社会虚构根本无从介入。正如我提过的，有些天赋不均，毫无疑问，被人类长时间浸淫其中的社会虚构扭曲了，但是这种扭曲发生在其使用中，而不是其程度上。后者完全取决于大自然。智力或意志力的欠缺和对这些素质的使用没关系，而是和它们的程度有关。所以我说有天赋不均，谁也没有办法，社会的变化也无法改变，就像我的个子无法变高，你也无法变矮……

“除非……除非自然属性的遗传性扭曲深入影响到

某些人性格的核心处……使他们生下来就成为奴隶，因此没有能力做出任何的努力来解放自己……不过在那种情况下……在那种情况下，他们拿自由社会或者自由怎么办？……一个人生下来就是奴隶，自由就是一种专制，因为它违反他的天性。”

一个短暂的停顿之后，我大笑起来。

“你确实是一个无政府主义者，”我说，“即使在听你说完之后，一把你和那些其他的无政府主义者对比我还忍不住要发笑……”

“正如我解释过、证明过的，我的朋友，唯一的真正区别在于他们是理论上的无政府主义者，而我不光是理论上的也是实践上的无政府主义者；他们是神秘的无政府主义者，而我是科学的无政府主义者；他们是退缩的无政府主义者，而我是一个战斗的，得到自由的无政府主义者……他们，一句话，是假无政府主义者，而我是真正的无政府主义者。”

于是我们从桌旁站了起来。

里斯本，1922.1

图书在版编目（CIP）数据

想象一朵未来的玫瑰：佩索阿诗选 / (葡) 费尔南多·佩索阿著；杨铁军译. -- 北京：中信出版社，2019.4（2025.2重印）

ISBN 978-7-5217-0038-1

Ⅰ.①想… Ⅱ.①费… ②杨… Ⅲ.①诗选—葡萄牙—现代 Ⅳ.①I552.25

中国版本图书馆CIP数据核字(2019)第024259号

想象一朵未来的玫瑰：佩索阿诗选

著　　者：[葡]费尔南多·佩索阿
译　　者：杨铁军
出版发行：中信出版集团股份有限公司
（北京市朝阳区东三环北路27号嘉铭中心　邮编　100020）
承 印 者：山东临沂新华印刷物流集团有限责任公司

开　　本：889mm×1194mm　1/32　　印　　张：9.5　　字　　数：211千字
版　　次：2019年4月第1版　　印　　次：2025年2月第17次印刷
书　　号：ISBN 978-7-5217-0038-1
定　　价：59.80元